文芸社セレクション

海に向かう風の匂い

あおい やまなみ

AOI Yamanami

文芸社

目次

まえがき

旅に出て見知らぬ町を歩くとき、ごく自然に学校と出会う。

海辺の学校、大都市の学校、瀬音の響く山間の学校、人の姿が消えた集落の廃校など、かつて、そこに住んでいたことがあるような不思議な懐かしさが湧いてくる。

中学時代は強い情緒が働く季節である。クラス仲間や教師との出会いは、新たな冒険の旅にも似ている。その一つ一つが巨大な出来事であり、時には抱えきれなくなる。アンバランスで傷つきやすく、残酷な現実に翻弄されやすい。この危うい状況をどう乗り越えるかが、その後の方向に影響を与える。

校内暴力やいじめにはいくつもの分岐点がある。トラブルが発生したとき、教師の一言が心を揺り動かすこともあれば、一気に事態を悪化させることもある。生徒の心理的状況への共感性と的確な助言なくして解決は図れない。筆者は長年にわたって中学校の生活指導を担当してきた。暗澹たる現実に言葉を失うこともあった。涙が止まらない感動の瞬間に立ち会うこともあった。そこで出会った子どもたちの表情を私は決して忘れない。

一つ言えることは、教師が自分の思考をとことん働かせることの重さである。安易に他者の考えに追随するのでなく、自分の力で捉え、考え、悩み、解決の糸口を探ることだ。

その熱意と主体性がなければ、子どもたちの心の真実に迫ることはできない。それは状況を切り開き、教師自身が成長するための鍵ともなる。

本書は校内暴力が下火になりはじめた時期、創立以来立ち直ったことがないと言われる中学校を舞台に設定した。校内暴力に悩む子どもたちは、いつかその暗い世界から脱出したいと思っている。それは潮が静かに満ちてくるような圧倒的なエネルギーを秘める。しかし、誰かが糸口を開かなければならない。転任してきたばかりの数学教師青山無量《あおやまむりょう》は、トラブルを通して温かい人間関係をつくっていく。ここでは青春ドラマのカリスマ教師は登場しない。なぜなら、子どもたちが立ち直るための根本的な解決にはならないからである。状況に揺れ動きながらもコミュニケーションを絶やさず、子どもたちとともに考え、ともに成長する教師こそ求められる。

もう一つの視点。東京から二〇〇キロメートル南の島、黒潮の激流に立つ御蔵島《みくらじま》は教育を考える重要なヒントを与えてくれる。圧倒的な自然のなかで大人同士が力を合わせて生きるから、よく働き、主体性のある子が育つ。御蔵島の子どもたちのまなざしは、海に向かって吹く風のように憧れに満ちている。過去に遡っても、不登校の生徒は一人も見当たらない。それは人間同士が助け合い、大自然とともに「充実した生活」をしているからだ。

一方、「腕っぷしの強い人間愛」で若者を立ち直らせる森屋《もりや》棟梁は、力強い存在感で教育現場に衝撃を与える。その破格な語法とユーモラスな人間性は、子どもたち、教師、保護者、そして混迷する社会に強いメッセージを発信する。

学校は心のふるさとでありたい。善悪を超えて心の真実が結びつくとき、計り知れない感動が私たちを解放してくれる。本書で表現したかったところである。

光への誘《いざな》い

青山無量《あおやまむりょう》、三十八歳。東京西部の山間の町、五日市に生まれ、豊かな自然をかけめぐって育った。しかし、高校一年の春、父の経営する会社が倒産《とうさん》すると状況は一変した。借金返済《しゃっきんへんさい》のために土地《とち》・財産《ざいさん》を売却《ばいきゃく》し、ふるさとを去らねばならなくなった。

ようやく段取りがついて、小金井市の小さなアパートに転居したのは積乱雲の美しい八月のことである。父母、弟、妹、同居する職人さん二人の一家は、引っ越しの新鮮さもあり当初は活気に満ちていた。だが、会社の業績は低迷するばかりで、数年後には借金の利息を払うだけで精一杯の生活に陥《おちい》った。父は無口になり、仕事を終えると安酒を飲みに出かけ、深夜に帰宅すると母に暴力を振るうこともあった。そんなとき、無量は心臓がつぶれる思いで間に入った。父の持病の高血圧や糖尿病の悪化は、さらに恐ろしい事態を予感させた。厄介《やっかい》な借金の問題にかかわりたくない親せきたちは、父母への非難中傷《ひなんちゅうしょう》で距離をとろうとした。幼いころから親しんできた叔父や叔母たちの悪口雑言《あっこうぞうごん》は無量を深く傷つけた。やがて問屋《とんや》への支払いも困難になるなか、子どもたちの学費だけは滞らせることがなかった。どう捻出《ねんしゅつ》していたのか。当時をふり返ると、無量は胸が一杯になるのであった。

逃げ道のない口論《こうろん》の日々。懐かしい父は脳梗塞《のうこうそく》を起こして帰らぬ人となった。

深い悲しみに浸《ひた》る間もなく大きな借金がのしかかってきた。真っ暗な現実。なすすべのない呆然《ぼうぜん》とした日々。

ふと、古びたラジオから雑音の混《ま》じった音楽が流れてきた。それはすぐに途方もない大きさで無量を包みこんだ。

それは無量の悩みをはるかに超える深い悩みを湛《たた》えていた。自分が小さく感じられた。涙がとめどもなくあふれてきた。

暗黒の彼方から慈愛《じあい》の光が降りそそいでくる。

本当の自分に出会えたような感動に震《ふる》えた。

ブルックナーの交響曲第七番第二楽章だった。

無量は音楽が自分の前方を照らしていることに気づいた。

心湧き立つ交響曲群。それは憧れの山脈であり、生涯向き合うものとなる。

父が亡くなる少し前、念願《ねんがん》の東京都教員採用試験に合格した無量は、西多摩郡日の出町立日の出中学校に赴任する。鬱状態《うつじょうたい》になっていた無量だが初任校の生徒たちの温かいまなざしと笑顔に出会い、不信と劣等感の日々から立ち直っていく。

二校目は、東京から二〇〇キロメートル南にある御蔵島村立《みくらじまそんりつ》御蔵島《みくらじま》小・中学校だ。太平洋の真っただ中に忽然《こつぜん》と現れる御蔵島。その神秘的な姿は自然への憧れを鮮烈《せんれつ》にする。轟々と流れる黒潮と巨樹の森が支配する圧倒的な大自然は、心地よい潮風とともに太古からのロマンを奏でる。

太平洋の荒々しい自然のなかで生きる人たちはたくましく感動的だ。大人同士が力を合わせて生きるから絆《きずな》は深まり、よく働く主体性のある子が育つ。元気な御蔵島の子どもたちのまなざしは明るく、海に向かって吹く風のようだ。そのためか、過去に遡っても不登校の生徒はいない。

島には高校がなく、中学校を卒業すると島を出なければならない。別れが待っている。保護者はわが子が東京に行っても困らないよう、しっかり学力をつけてほしいと願う。ここに屈折した教育観は存在せず、教育が目指すものが明確だ。

御蔵島での日々は無量の発想力を養い、勇気と活力を与えてくれた。彼の教育への姿勢は、こうして形成されたようだ。

教師生活も板についてきた三校目は、校内暴力に悩む中学校であった。無量にとって、想像を超えた世界であり、戸惑いと緊張感に満ちた日々となる。しかし晩年になって当時をふり返るとき、なぜか、校内暴力の中学校を経験したという記憶はない。

遊山中へ

都心から少し離れた遊山市《ゆうざんし》に遊山中学校《ゆうざんちゅうがっこう》はあった。中学校の教員の異動《いどう》は教科の欠員によって決まる。転入希望者のいない地区に偶然、割り当てられた可能性はある。聞くところによると校内暴力《こうないぼうりょく》などで苦しむ学校のようである。自分の力が通用するのかどうか、無量にとって不安な出発となった。

平成十一年四月一日。遊山市《ゆうざんし》教育委員会《きょういくいいんかい》の辞令伝達式《じれいでんたつしき》が終わると、深山校長《みやまこうちょう》が出迎えてくれた。若い校長だ。無量の他にも五十代の男性教師二人が赴任した。いずれも青白い表情で不安を漂わせている。

深山校長は温かく語りかけた。

「大丈夫ですよ。学校には学校の流れがあり、その流れにのっていくなら、何とかなるものです。ともに支えあっていきましょう」

促《うなが》された三人の教師は重い足取りで遊山中に向かった。

青空には雲雀《ひばり》の声が響いていたが、受けとめる余裕はなかった。

やがて農道の向こうに桜の森が見えてきた。

ピンクの蕾《つぼみ》たちが光を一杯に浴び、静かに咲き始めようとしている。

遊山中の白い校舎はそのぬくもりの中にあった。

入学式の準備のためだろうか、吹奏楽部の演奏する音楽が聞こえてくる。

強弱の輪郭《りんかく》が鮮やかで切れのよいパワフルな音づくりだ。

音楽好きな無量はかなりの演奏技術であることに気づいた。優れた指導者がいる。ならば生徒たちに活力があるはずだ。一瞬、そんな思いが頭をよぎった。

玄関では、教頭、教務主任、生活指導主任、進路指導主任が丁重《ていちょう》に迎えてくれた。校長室の片隅《かたすみ》には高性能のラジカセが、ごく自然に置かれている。そこから小さな音でモーツァルトのディベルティメントが流れている。快適な音楽に比べて、どこかぎこちない自己紹介が終わった。

山根《やまね》教務《きょうむ》主任《しゅにん》から、本日の予定と当面の日程、留意事項などの説明があった。深山校長は、三人の教師の所属学年と学級担任、その他の校務分掌を伝えた。やるべきことが明らかになると、漠然とした不安はやわらぐ。具体的な手応えが自分を前に進めてくれる。

深山校長は笑顔を絶やさず言った。

「先生方は、本校が生活指導上の厳しい課題を抱えていることを心配して来られたと思います。確かに厳しいと思います。しかし赴任したからには子どもたちのために最善を尽くしましょう。実は私も松山《まつやま》教頭先生も新たに着任したところです」

無量は驚いた。厳しい課題を抱える中学校で校長・教頭が同時に代わるなど、通常はありえないことだ。事情があったに違いない。予測のつかない現実が無量を一層不安に駆り立てる。果たして自分に務まるのだろうか。それは船長のいない船で荒波に翻弄《ほんろう》されるようなものだから。

山根教務主任の話では、前任の校長が定年退職までの二年を残して退職したという。教頭については職員団体《しょくいんだんたい》に迎合《げいごう》するばかりで混乱を招き、孤立無援《こりつむえん》の校長が精神的に追いつめられていたようだ。

後任《こうにん》の松山教頭は隣の中学校の教頭を経験しており、市内の様子はよくわかっている。教職員間の評価もまずまずの人物で人間関係はよい。しかし、リーダーシップとなるとどうであろうか。

「さあ、食事が冷《さ》めないうちに食べてください」

松山教頭の温かい言葉がほっとさせる。三人は無言のまま食事を済ませた。

電話が鳴った。聞こえてくるやりとりから、何かトラブルが発生したようだ。生活指導主任《せいかつしどうしゅにん》の斎藤先生《さいとうせんせい》があわただしく出て行くと松山教頭が説明した。

「三年生の男子がパチンコ屋の裏で補導されました。卒業生に呼び出されていたようですが詳細は不明です。こんなときに申し訳ありませんが、春休み中に学校間暴力《がっこうかんぼうりょく》があった関係で、私もこれから隣の中学校に行かなければなりません。校内施設《こうないしせつ》のご案内は山村先《やまむらせん》生《せい》にお願いしますので、よろしくお願いします」

卒業生が生徒に影響を与えている。無量は生活指導の困難を予感した。

校内施設の案内を任された山村先生は年配の白髪の女性であった。無量はいくつかの言葉のやり取りから、教師の常識が通じにくい人物のような印象をもった。ゆっくりした動作で歩き、にこりともせず感情を表さない。愛想《あいそ》のない案内であった。

玄関の泥汚《どろよご》れが目立つ。転任者も思わず顔をしかめた。土足で上がっているようだ。それでも以前よりは、「まし」になっているという。廊下の壁にはあちこちにいたずら書きがあった。なかには暴走族《ぼうそうぞく》を思わせる強烈な書き込みがあり、いったん消したものが再び浮かび上がって見えた。教室に入ると天井に近い板壁《いたかべ》に無数の穴が開いている。

モップの柄で穴を開けたのだろうか。野球のボールをぶつけたような跡もある。修理した形跡《けいせき》は見られない。さらに机や椅子が倒され脚が曲がったものもある。

山村先生は三人に焦点を合わせず、たんたんと無表情に言った。

「御覧の通りです。『学校が荒れている』と捉えるか、『子どもたちが悩んでいる』と捉えるかはあなたたち次第です」

転任者に対する威嚇《いかく》なのか、それとも重要な課題が潜んでいるのか、無量にはよくわからなかったが、本校の教員として生きる上で考えなければならない問いであることは理解できた。説明は思いのほか丁寧《ていねい》で客観的である。子どもたちに真剣に向き合っている教師であることが伝わってきた。無量は少しほっとした。

次第に校内の動向が見えてきた。どうやら教職員は二つの大きな職員団体《しょくいんだんたい》の勢力に割れているようだ。同和教育《どうわきょういく》を進めるグループとこれに対抗するグループだ。新たに赴任した校長・教頭と三人の教師のスタンスによっては、校内の勢力図が大きく変わってくる可能性がある。山村先生が警戒している理由であった。

もう一つの心配が無量の頭をよぎった。教師たちはいずれかのグループに属しているはずだ。職員会議では自分の考えをはっきりさせなければならない。そう思うと心臓の鼓動《こどう》が速くなった。

無量は教科指導の数学をはじめ、二年二組の学級担任、学年の生活指導を分掌された。山村先生の話では、学級担任の希望者が学級数十五に対してわずか二名であり、校長一任の教師も二名だけであった。生活指導が厳しいとはいえ、学級担任を希望する教師がほとんどいないのはなぜだろうか。無量は素朴な疑問をもった。

四月五日。前日出勤の朝。二、三名の教師が新校長を「深山さん」と、「さん」づけで呼んでいる。教師は皆、平等であり管理されたくないという校長に対する意思表示なのだろうか。それでも会話は穏やかな雰囲気の漂う職員室であった。

全員の自己紹介が終わり、深山校長があいさつした。

「校長として皆様にお世話になります。深山岩魚《みやまいわな》、四十八歳、青二才《あおにさい》です。先生方とともに子どもたちのために努力していく所存です。それではお手元の『学校経営方針』を説明させていただきます」

一筋縄《ひとすじなわ》ではいかない教職員と聞く。事実かどうかはわからないが、革新系市長のもとで教育委員会が都内の職員団体の活動家たちを集めた時期があったようだ。おかげで教育現場は混乱した。そこで教育委員会はこのような教員を一校に集めることで混乱を回避しようと図ったそうだ。その一校こそが遊山中であった。

不可解な決定

校長の経営方針は、一般に教育行政からの文書を転載《てんさい》したような記述が多く、網羅的《もうらてき》ではあっても教育の現状と課題を鋭く分析し、自らの理想を語るものは多くない。常識から逸脱することを恐れ、無難な設定がよいと考えているようだ。

先生方は教育委員会が送り込んできた若い校長がどんな考えをもっているのか、緊張した面持ちで耳を傾けている。中には横を向いている者も数名いる。新校長に対する拒否的な反応であった。

深山校長は意外な言葉で切り出した。

「山々から湧き出る泉は清らかな渓流となりやがて大海に至ります。大海は膨大《ぼうだい》な水蒸気《すいじょうき》とともに風を起こし、大気に命を吹き込んでいきます。それは無数の積乱雲となり、青く広がる空間に成長します。雲たちは千変万化しながら無限に豊かな色彩の言葉を語り、私たちに考えるヒントを与えてくれます。遊山中の子どもたちも、一人一人がこのような可能性をもっていると考えます。揺れ動く中学時代。差別や偏見、劣等感やひがみから解放する手立てをもち、生きる自信を育むことが私たち教師の責任であると考えます」

深山校長の冒頭の話は、無量が御蔵島で過ごした日々を思い出させた。美しい音楽を聴くような就任のあいさつであった。

ふと、山村先生を見ると微笑《ほほえ》んでいる。あの不気味にさえ感じられた山村先生の表情が少女のように澄んで見える。深山校長はさらに具体的な方策を語りはじめた。

経営方針実現のための方策

◎生徒一人一人を大肯定する（教育の出発点）

すべての教育活動を捉える三つの視点

・輝かしい命の発見（命への気づきと、生きる主体性の発見）

・夢とロマンの設定（大きな感情を育み、堂々と自分を生きる）

・心の解放と内面化（差別や偏見を超え、普遍的な愛を実現する）（以下略）

臆《おく》することなく語る深山校長。意表をつかれたように、すべての教職員が同じまなざしになっている。不思議な光景であった。

これまでの校長は定年退職前の二、三年間を任されるケースが多く、学校改善よりは最後まで無事に終われることが大事であり、トラブルが起こらないことを祈る消極的な日々であったようだ。それは保護者から見ると、「姥捨て山《うばすやま》」のような人事に思われた。深山校長は難しい理屈で説得することはしない。大自然と大きな人間感情の領域から発想し、自分の言葉で語っている。ここまでは思いのほかスムーズであった。

次に、教育委員会からの伝達事項を伝えた。

「教育委員会より人権尊重教育推進校を三年間お引き受けしてきました」

とたんに大きな声が起こった。

「それはおかしい！　一年間ということで引き受けたはずだ！」

同和教育に反対するグループのリーダー格、篠原先生《しのはらせんせい》だ。よく整理された明快な発言が目立つ先生だが、この過激な発言が状況を一変させた。

深山校長は突然の激しい言葉に戸惑った。

「私は前任の校長から引き継ぎを受けておりません。ご事情があったようでお会いできず、この間の経緯《けいい》はわかりません。でも、皆さんで十分に話し合われて決めたことなのではないでしょうか。人権尊重教育推進校は基本的に三年間とお聞きしています」

同和教育を行うことを前提《ぜんてい》にしたやり取りであることは明白であった。

激しい論議の末、一年間という妥協案《だきょうあん》でまとまった可能性はある。その場にいなかった者には全容がつかめない。東京都教育委員会は一年間という申請を受理したのだろうか。それとも決定とは異なる三年間で申請したものだろうか。何とも奇妙な話である。

深山校長にとっては寝耳《ねみみ》に水《みず》の話であった。篠原先生は、

「着任《ちゃくにん》されたばかりの深山校長にはおわかりにならないかと思いますが、昨年の職員会議の話し合いでは確かに一年間ということで決着しています。職員会議録を見てください。必要なら年度末の段階で再び話し合ってもよいと思います」

見えない部分が多すぎる。しかも先生方はそれを承知の上で様子を見ている。

年度当初の職員会議は議題が多く先に進まなければならない。結局、篠原先生の提案が支持され、一年間やってみて再び論議することになった。

指名された無量

ところが職員会議の終了間際になって、山村先生が思わぬ発言をした。

「無量先生。大変お恥ずかしいところをお見せしてすみません。初めて本校の職員会議に参加されてどう思われたか、感想をお聞かせください」

突然の指名に無量は動転した。なぜ自分なのか、理由がわからない。

「赴任したばかりで何もわかりません。私などが発言する場ではないと思います」

「初めてだからこそ、こんな言い争いに慣れてしまった私たちに客観的なご意見を述べる権利があると思います」

想像を超えたところから自在に発想する山村先生。両陣営からの異議はなく、聞いてみたいという好奇心も感じられた。

困った。まったく困った。こんな恐ろしい職員会議で発言することなど考えられない。全身の血が沸騰《ふっとう》しそうになったが、腹を決めて話すしかない。

「ピントのずれたことを言うかもしれませんがお許しください。まず感想ですが、先ほどの深山校長先生の経営方針には感動しました。今、遊山中の子どもたちに本当に必要なことは何かという問いを出発点として、子どもたちを大切にするための具体的な手立てがあり、私たち教師がやる気を起こすための手掛かりがありました。人権尊重教育の推進については詳しくはわかりませんが、同和教育は東京都教育委員会の重要な施策《しさく》になっている課題です。推進するのは当然のことと思います」

するとと篠原先生が立ち上がって発言した。

「人権尊重教育は様々な人権問題に苦しむ人たちの存在に目を向け、広い視野で行われる必要がある。人種、宗教、女性、障害者、ＨＩＶによるものなど、地球規模の差別が対象になる。したがって同和教育ばかりが中心になるのはおかしい」

突然、教務主任の山根先生が司会であるにもかかわらず発言した。

「人権教育を網羅的《もうらてき》に行っても散漫《さんまん》になって成果は得られません。また、全てを行うだけの十分な時間もありません。柱のうちの一つとして同和教育を取りあげ、これを軸にして考えを深め、あらゆる差別をなくしていけたらよいと考えます」

司会者の発言には少し驚いたが、無量は続けた。

「すべてを実現できるよう、よく整理したらいかがでしょうか。憲法や教育基本法では、『人種、信条、性別、社会的身分、経済的地位又は門地によって教育上差別されない』と、なっています。学級担任として子どもたちと向き合うとき、法的に保障されなければならない権利の意味するところは、あらゆる思想・信条・宗教的な立場の人たちが共存できるように大きな感情をもって受容することだと思います。したがって、生意気なことをいうとお叱りを受けるかも知れませんが、職員会議で対立し争うことよりも、ともに解決に向けて力を合わせていくことの方が大切ではないかと考えます」

すぐに篠原先生が手を挙げた。

「そんな簡単にいくほど教育は単純ではない。無量先生は人間が生み出す不条理《ふじょうり》や、学校教育と現実との乖離《かいり》がおわかりになっていない。まあ、本校の実態を知ればすぐに考えも変わると思いますが」

やや、不穏当《ふおんとう》な発言であった。山村先生は否定も肯定もせず、

「無量先生、ありがとうございました。皆さんも、納得されたと思います。どんなに厳しい状況であっても、私たちにとって大切な子どもたちです。ともに力を合わせてがんばって参りましょう」

山村先生の発想の大きさに安堵《あんど》した無量だが、自分の発言があらかじめわかっていたとでもいうのだろうか。無量への指名は、深山校長の理念を雄大な空間の中で捉えてみせたパフォーマンスだったかも知れない。指導が成り立たないと聞いていた遊山中だが、こんな教師がいるのだ。

会議はしっとりした静けさで次の議題に進んだ。不思議なほど真剣に意見を述べ合い、年間の計画を確認し、最初の職員会議は無事に終了した。

転任してきた他の二人は社会科の権藤先生《ごんどうせんせい》と技術科の金山先生《かなやませんせい》だ。二人とも年齢以上に

老《ふ》けて見えた。前任校では何かと問題の多い教員で、管理職を悩ませる人物でもあった。

無量は屈託《くったく》なく声をかけた。

「私たち、遊山中の同期生《どうきせい》ですね。よろしくお願いします」

金山先生はすぐに学年会に移動したが、権藤先生が応えてくれた。

「私の方こそ、よろしくお願いします。さっきの先生の発言、久しぶりに目の前が明るくなる思いで聞いていました。度胸がいいですね」

無量が感じていた暗い表情は消え、さわやかな言葉が返ってきた。

「前任校では、残念ながらいつも下品な言葉のやり取りで荒《すさ》んだ職員会議でした。正直、うんざりしていました。校長は校長になることだけが目的だった人で何も考えておらず、見識の低さや教育に対する熱意のなさが目立ちました。

おかげで生活指導でも大きな混乱を招いています。なぜ、こんな人が一校の校長として君臨しているのか、許せない思いで追及してきました。未だに多くの学校で校内暴力が収まらない原因の一つに、校長の発想力の貧困が挙げられると思います。

私は権利闘争《けんりとうそう》の名のもとに校長と教育行政を厳しく批判してきました。でも空しい日々でした。ふり返ると何も残っていないのです。自分がひどく貧しく感じられました。そんなときに今回の不当な異動です。もう教師を続ける気力もなくなり、明日にでも退職届を出そうと思っていたところです」

職員団体の支部長を続けてきた権藤先生。教員の生活や権利を守るために長年にわたって戦ってきたが、何かにつけ動員《どういん》をかけられる日々。政治的活動の色彩をもつ職員団体の活動には嫌気《いやけ》がさしていた。

「先ほどの深山校長と無量先生のお話を聞いていて、ふと教員になりたてのころの自分を思い出しました。笑われるかも知れませんが、とっくに失くしていた希望が少しだけよみがえってきたのかも知れません。もう少し本校でがんばってみようと思います」

意外な言葉であった。理屈に理屈を重ねて校長を罵倒《ばとう》してきた教員人生。その殺伐《さつばつ》とした自分の姿をふり返る余裕はなかったのであろうか。

学校は子どもたちに確かな学力を養い、多くの出会いを通して温かい人間性を育てる場だ。教師同士が争っていてはまともな教育など期待できない。権藤先生の話を聞いていると、校長の人間性が教師の生き方を左右しているように思われてならなかった。

深山校長の学校経営方針は教師の思考を実践に結びつける具体性をもっている。先生方も受けとめたに違いない。しかし、ここから先は未知の領域《りょういき》である。

始業式は春の日差しが明るい校庭で行われた。

風の匂い

始業式直前になって山根教務主任がささやいた。

「校長さん、申し訳ないけど校長さんの講話は誰も聞いていませんから悪しからず」

これまでの学校の様子を髣髴《ほうふつ》とさせる言葉である。

始業式は新任教師の紹介から始められた。校長、教頭、三人の教師の自己紹介が行われている最中、生徒はザワザワして聞いていない。それでも学級担任の発表のところでは急に静かになった。二クラスだけ拍手が起こった。他は反応がない。権藤先生は三年一組担任、金山先生は一年三組担任だったが生徒の反応はなかった。

次に校長講話《こうちょうこうわ》だ。おしゃべりは止まず、多くは朝礼台に向いていない。烏合《うごう》の衆《しゅう》とはこんな様子を言うのであろうか。無量は校長が何を話すのか興味がわいた。

「遊山中の皆さん。新しく校長として赴任した深山岩魚《みやまいわな》です。四十八歳です。岩魚《いわな》とは、山奥の渓流に棲んでいる魚、あの岩魚《いわな》です」

どよめきが起こった。前任者が定年退職に近い年齢の人物だったため、若い校長が珍しく映ったようだ。深山校長は間髪《かんぱつ》を入れず足元の黒土に注目させた。なぜ黒いのか、黒土とは何なのか、数万年のロマンを問いかけるとさらに空に目を向けさせた。

「雲は一瞬も同じ形にとどまることがありません。太陽の光を受けてさわやかに誕生し、途方もなく大きな空間に成長していきます。それは無限に美しい色彩を奏でながら変化し、雨となって大地を潤《うるお》し、やがて海に至ります。海は太陽の光を受けると膨大な量の水蒸気と風を発生させ、千変万化する雲となります。この美しい雲の変化こそ、皆さん一人一人の姿によく似ていると思います。私たちは美しい自然とともに生きています。

雲のようなダイナミックな生命力と魅力あふれる個性的な色彩は、皆さん一人一人の大切な資質《ししつ》にほかならないと思います。そのことをしっかり自覚するためには、お互いのよいところを発見することです。三年間の中学校生活で、特に大きな仕事の一つと思ってください。仲間たちのかけがえのない存在をしっかり掘り起こすのです。それは、自分のよいところを発見することにもなります。日本人は、自分がダメな人間と思っている人が少なくありません。よいところを発見して本当の自分の姿に目覚めてもらうのです。素朴に伝えてあげることが大切です。

悪意をもって人を見るなら、ものごとはみんな悪く見え世界は暗くなります。しかし、善意をもって人を見るならすべてが美しく見え、温かい喜びが湧いてきます。

今日からはじめてください。よいことも悪いことも、温かい人間関係をつくる絶好の機会です。この一年間、朝礼を通して皆さんと一緒に考えていきたいと思います」

顔を見合わせながら何やら言葉を交わす生徒の姿が目立った。

深山校長は遊山中の子どもたちが何を求めているかを考え、始業式の言葉を用意してきた。押しつけがましい道徳観や、否定的な言葉には飽《あ》き飽《あ》きしているはずだ。ならば、もっと根本的なところに光を当ててみよう。そう考えていた。

無量とよく響き合う自然観、人間観だ。校庭では深山校長の言葉を受けとめる柔らかな感情の波が広がっている。このままいってくれるといい。祈るようにそう思った。

しかし、始業式が終わって二組の教室に入ると厳しい現実が待っていた。

休み時間のように走りまわり、着席している者はほとんどいない。パンチや蹴りの応酬《おうしゅう》で無頼《ぶらい》な態度《たいど》の生徒も数名いる。なかでも学生服のボタンを全部外して両足を机の上に投げ出し、他を威圧する生徒がいた。東山慎二《ひがしやましんじ》だ。その強烈《きょうれつ》な視線が無量の目に突き刺さった。一瞬、思考がストップした。最初が肝心なのに、これでは学級担任としての責任は果たせない。感情を受けとめる手立てが必要だ。無量は御蔵島小・中学校に勤務していたときの大自然の感動を思い出して大胆に問いかけた。

「皆さんは海を知っていますか」

生徒の様子はいささかも変わらず勝手なことをやっている。

次は教室の隅々まで響くように力を込めて言った。

「皆さんは本当の海を知っているでしょうか。台風が通過したとき、島の急な坂道を一〇〇メートルも上がってくるすさまじい波を起こす海です。港では一つ二〇トンもある大きなテトラポットが五メートルもある高さの桟橋に上がっていたり、反対側の海底で発見されるほどの波です。海全体が轟々《ごうごう》と流れる恐るべき姿をもつ海のことです」

生徒たちの目が無量に向いた。ここからが勝負だ。

「私は、三月まで東京から約二〇〇キロメートル南にある、御蔵島小《みくらじましょう》・中学校《ちゅうがっこう》に勤務していました。今頃は数十キロに及ぶ黒潮《くろしお》の帯《おび》が水平線を盛り上げながらやってきます。元気のいいお年寄りたちは日々釣りに出かけています。大物を釣り上げると、まるで少年のように目を輝かせます。海はいつも元気を与えてくれます。私も週末には桟橋に立ち、豪快な海釣りを楽しみました。七〇センチもある大メジナと格闘したときには重くて上がらず苦戦していました。すると、隣で釣っていたご老人が大きな玉網《たまあみ》ですくい上げてくれたのです。桟橋には人と人との温かい交流があります」

こんな話は聞いたことがない。好奇心が注目させる。

「神秘的な姿をもつ御蔵島は海底から立ち上がる一つの大きな山で、大昔は火山でした。森の中も尋常《じんじょう》ではありません。周囲一〇メートルを超える樹木が無数にあります。巨樹の数では圧倒的に日本一の島です。郵便局長の栗本大器《くりもとたいき》さん、給食調理師の彦作《ひこさく》さん、国語の松村《まつむら》先生と一緒に原生林の奥に入り、周囲一五メートルの巨樹を目撃しています。この教室がすっぽり入ってしまう大きさです。高さ約三〇メートルもある桑の木にも出会いました。釣り仲間でもある松村先生と二人で何とか抱えられた太さです。亜熱帯から亜寒帯までの気候が生み出す独特の生態系には、多くの研究者が注目しています。

私は休みの日に山に出かけ、巨樹の上で半日過ごしたことがあります。

耳を澄ますと風と葉の音がささやいています。巨樹が静かに私を見ています。

千年の時を生きる存在が本当の自分を問いかけてきます。

悠久の自然は自分を途方もなく大きくしてくれます」

そこまで話すと無量は野生のイルカを思い出した。

「御蔵島には世界的にも珍しい野生のイルカが棲《す》みついています。ひところは二百頭もいたのですが、今では百五十頭ほどに減っています。ある日の午前五時ころ、桟橋で釣りをしていると、後ろから、『先生、釣れましたか』という低い声が聞こえました。ふり返ると、村会議員の栗本元《くりもとはじめ》さんが立っていました。彼は御蔵島の数少ない漁師の一人です。穏やかな温かい人がらで、みんなに好かれている人物です。ひとことふたこと言葉を交わしたそのときです。突然、海が騒《さわ》がしくなると十数頭ものイルカがジャンプしはじめたのです。うれしそうに何度も何度もジャンプをくり返してやがて沖に去って行きました。彼らは元さんにエールを贈っていたのです。私にとって、忘れることのできない感動の出来事でした。

それは、元さんがイルカたちを追い回す観光船からいつも厳しい姿勢で守ってくれていたからです。イルカたちは海の中から人間を見ているのです。

いかがだったでしょうか。今、この瞬間も黒潮の激流や神秘的な森とともに生活している御蔵島の人たちを想像してみてください。この一年間、都会では味わうことのできない島の様子や驚きの出来事を紹介し、ともに考えたいと思います。皆さんの考えも聞かせてくださいね。これで話を終わります」

教室には穏やかな情感が漂っている。しかし東山慎二は、「ふん」と一瞥《いちべつ》して机の上の足を組み変えた。いっぺんに変わることなど望めない。まずはコミュニケーションを取れるスタンスをつくることだ。

無量は女子の目がしっかりしていることに気づいた。

考えをもって聞いているまなざしだ。特に座席の中央に座っている生徒の表情が目立った。学級のリーダー的な存在、森屋若葉《もりやわかば》だ。大らかな目の奥には大人にない厳しさがある。他の数名からも同じ印象を受けた。

学活を終えて職員室に戻ると汗びっしょりだ。

山村先生から声をかけられた。

「無量先生、いかがでしたか」

「何とか、コミュニケーションできるようなスタートは切れたかと思います。一つ気づいたことがあります。女子のまなざしがしっかりしていますね」

「よく気づかれましたね。突っ張り君たちの行動を左右するのは女子の目つきです。無法の限りを尽くしている男子たちも、女子の厳しい目を意識し始めています。一見、無視しているようにも見えますが、そうではありません。トラブルを起こすたびに彼らは気にしているのです。それは非難するというより、不当なことを容認しない厳しさがあるからです。もしかしたら、彼らが学校にくる動機の一つになっているかも知れません。森屋若葉《もりやわかば》さんは、私たち教師も注目している人物です。

自分というぬるま湯に浸《つ》かり、なんの思考の深まりもない教員生活を送っている人たちには信じられないでしょうが、私たちは同和教育を通して差別をなくす取り組みとともに、一人一人に生きる自信を育てられるよう力を合わせています」

無量は、「荒れている」と捉えるか、「悩んでいる」と捉えるか、という山村先生の問いの意味が少しわかったような気がした。

生徒の荒々しい言動や粗暴《そぼう》な行動を抑えられない教師も少なくない。授業の抜け出しは日常茶飯事《にちじょうさはんじ》だ。生徒がいないまま授業は進められない。責任感の強い教師は連れ戻しに行く。腕を引っ張って教室に戻そうとすると、手を殴られたり足を蹴られたりで熱心な教師ほど青あざが絶えない。傍若無人《ぼうじゃくぶじん》な生徒たちだが、彼らはこんな教師の姿を決して忘れない。反対に、無謀な生徒を無視して軽蔑のまなざしを向ける教師には強く反発する。彼らと向きあうとき、教師の在り方も問われているのである。

親しい仲間

十日後の夕方。早めに学校を出た無量はJR国分寺駅から歩いて七分ほど北にある、「元禄寿司《げんろくずし》」に急いだ。仕事のストレスから解放され、リフレッシュできる仲間たちが待っている。

無量はマスターに近い席に腰かけた。

「こんばんは、マスター。いつものでお願いします」

「はいよ！　先生、久しぶり」

熱燗《あつかん》を一杯飲む。ほのぼのとした気分が腹の底から押し上げてくる。

マスターの言葉は日ごろの自分を一歩離れたところから見つめさせてくれる。

名前は落合潔《おちあいきよし》さんだ。いつも常連客で一杯の元禄寿司だが、その割には騒がしくない。マスターのメガネの奥の目が涼しげで普段はあまり感情を表さないが、無謀《むぼう》な客には手厳しい。常連客は淡々としたその姿に魅《ひ》かれてやってくる。

「押切《おしきり》さん、最近来ていますか」

「うん。今日あたり来るんじゃないかな。腰痛が悪化して病院通いしているよ」

押切さんも無量と同じ三十八歳だ。近くの補聴器《ほちょうき》の会社に勤務している。秋田県出身で、高校時代は野球部のキャプテンだった。穏やかで温かい人がらのため、元禄でもみんなに尊敬されている人物である。

「先生、押切さんが草野球のチームをつくる計画を進めているよ」

「えっ、本当ですか」

「うん。元禄に来ているお客さんたちの有志でね」

「うわあ、いいですね。私もぜひ仲間に入れてください」

「押切さんの構想ではピッチャーで四番が無量先生だよ」

「うそでしょう！　私は野球が好きですが、中学時代までしか経験がありません。ましてや、ピッチャーなんて無理ですよ。押切さんの会社には甲子園で四番を打った強打者島崎《しまざき》さんや東京都の決勝戦で剛速球を投げた長谷川《はせがわ》（弟）さんもいる。私なんか場違いですよ」

「いやいや、そういうことじゃなく、飲み仲間として野球を楽しむ、ということだと思う。

先生も楽しんでやればいい。みんな遊び心が野球をやる動機だからね。もっとも人生そのものが遊びかも知れない人たちかな」

「無量先生、一杯どうぞ」

石川《いしかわ》さんだ。近くに住む会社員で中学時代までの野球のキャリアだが、押切さんは彼を甲子園級《こうしえんきゅう》のセンスの持ち主だと語っている。

「石川さんも参加するんでしょう」

「はい。実はすでに元禄仲間で国分寺市の大会に出場したことがあるんですが、遊び半分のどうしようもないチームで惨憺《さんたん》たる結果でした。今度こそ勝つ野球をやるつもりです。無量先生、期待していますよ」

石川さんは誰とでも話ができる。無量に対しても十年来の親友のようだ。

飲み仲間はそんな不思議な時間を楽しむ人たちである。

そこにクーラーボックスと釣竿《つりざお》を抱えた老人が入ってきた。

「お父ちゃん、海に行ってきたの？」

「大漁よ！　アジが釣れたから、マスター、さばいてみんなに食べさせてくれ」

言葉が出にくい。脳出血を起こしたことがあるようだ。

そこに押切さんが入ってきた。

「お父ちゃん。がんばったね。おお、いい型のアジだ。いつもありがとう」

入ってくるなり、迷わず賛嘆《さんたん》の声をかける。通称《つうしょう》「お父ちゃん」は、近くにある床屋《とこや》の主人だ。素朴な人物だが押切さんの顔を見るとうれしそうに表情を崩した。

「おっ、先生、久しぶり。新学期は何かと大変でしょう。今日はゆっくりやりましょう」

と言って無量の横に腰かけた。押切さんはいつも元気の出る声をかける。無量の近くに座っていた人物を見ると、

「お～坂口《さかぐち》じゃないか！　久しぶりだね。聞いていると思うけど、長谷川（兄）と一緒にキャッチャーを頼むよ。期待しているからね」

電気会社に勤める坂口さんはうれしそうに、

「押切さん、楽しみなメンバーになったね。高校以来のわくわく感だ」

すると当時、桜美林高校のエースで剛速球投手《ごうそっきゅうとうしゅ》の長谷川さん（弟）が言った。

「雨の中、泥んこで勝ち取った準決勝を思い出すなあ。最後まであきらめないでリードしてくれた坂口の姿は今でも俺の宝だよ」

同じ高校で甲子園を目指した仲間は結束が固い。多様な人間が集まったチームで、一見、バラバラに見えるが、押切さんの人望《じんぼう》で見事に統率《とうそつ》されているようだ。

長谷川（弟）さんは笑いながら無量に向かって言った。

「先生、頼むよ。俺はあくまで二番手投手だからね」

チームの構成が見えてきた。石川さんが勢いよく立ち上がった。

「さあ！　盛り上がってきたところで乾杯しよう。押切さん、乾杯をお願いします」

「ご指名にあずかりましたので、ふふふふふ。みんな入れ込みすぎてケガしないようにな。

じゃあ、マスターと元禄野球の結成を祝して、乾杯！」

　無量が押切さんに熱燗《あつかん》を注ぐと、押切さんも無量に注いだ。

「学校はいかがですか。先生のことだから、もう軌道《きどう》にのったでしょうね」

「いえいえ、まだ入り口に立ったままで途方《とほう》に暮れています。先生方の様子が校内暴力で悩む学校の一般的なケースとはかなり異なっています。どう入ったらいいのか、戸惑うことばかりです。それと生徒はかなり手ごわい印象です」

「私の会社も新入社員が入ってきて新しい風が吹いているよ。プラスのエネルギーもマイナスのエネルギーも含めて新しい風だ。戸惑いも新鮮さの証《あかし》だね。会社も学校も新しい風が吹かないと発展しないからね。これからが楽しみだ」

　会社でも中心的な存在であることを髣髴《ほうふつ》とさせる言葉である。

　普段は自分のことを話すことはまずない。腰痛のことぐらいであろうか。いつも元禄仲間との会話を楽しみ、悩みがあるとそっと和らげる。マスターが声をかけた。

「押切さん、応援団長もお父ちゃんと新世界大学の流紋次郎《ながれもんじろう》教授《きょうじゅ》の二人に決まったよ。教授は来てないけどね」

　普段、何気ない会話を交わしている人たちの名前が次々に登場する。

「チーム名は、『元禄』で行こう。マスター、オーナーを頼むよ」

「連休明けには出発の会の席を用意しておきます。盛大にやりましょう。オーナーとして、私が全員のユニフォームを用意します」

「それはダメだよ。一人一万円ずつ徴収しよう」

押切さんの一声で決まった。結局、チーム登録分のユニフォームが必要なため、個人の分を除いた五着分をマスターが負担することになった。

いよいよスタートである。総監督が落合マスター、監督が押切さん、キャプテンは、キャッチャーでプロレスラー並みの体格の長谷川（兄）さんで決まりだ。無量は遊び心で野球をやる仲間たちの心意気が心地よく、心弾んだ。

破格な存在感、大吾《だいご》

翌日、午前六時三十分に出勤すると玄関で誰かが掃除をしている。深山校長だ。

「おはようございます。校長先生、私も手伝います」

「無量先生、ありがとうございます。でも先生のご予定もあると思いますので無理をなさらないでくださいね」

正面玄関から始めて、一階、二階、三階までの廊下と階段、状況次第で教室の整理・整頓も行う。松山教頭からの声に対しても、

「ありがとうございます。でも教頭先生は校地内の見回りや安全点検をはじめ、八時からの学校運営委員会の準備もありますから、そちらに専念してください」

すでに息のあった爽やかなやり取りだ。学校はここが要《かなめ》である。泥で汚れた玄関掃除はワイシャツの首周りを土埃《つちぼこり》で黒く汚《よご》す。日々きれいにしているはずの階段の綿埃《わたぼこり》も思いのほか多い。あっという間に一時間が過ぎる。部活動で早めに出勤する先生方は、それが単なるパフォーマンスではないことを感じている。

生徒の登校風景で無量が気になっていることがある。それは多くの生徒が約二十分も遅刻してくることである。毎朝の職員打ち合わせで校長に対する質問が多いため、学級担任が大幅に遅れて教室に行くからである。

この日の朝の打ち合わせで深山校長は言った。

「毎朝、色々な質問をいただきますが、重要なものは職員会議でお願いします。遅刻が多いこととも関係していると思われます。よろしくお願いします」

松山教頭からも校長を後押しする発言があった。

先生方の反応はいたって静かだ。昨年までなら、

「なぜ、質問を禁止するのか、それはおかしい。校長にそんな権限はない！」

と、問題にするところだが特に反論はなかった。その後、朝の打ち合わせの際の質問は減り、遅刻も少なくなりつつある。

玄関近くにある心障学級《しんしょうがっきゅう》（平成十四年から特別支援学級《とくべつしえんがっきゅう》）では、主任の井上《いのうえ》先生を中心によくまとまっている。先生方で話し合い学級周辺の朝清掃を開始した。そんなこともあり、他の学年主任も自分の学年の階は点検するようになった。

一方、生活指導の問題は日々発生する。昼休みになると職員室のある二階の男子トイレからたばこの煙がもれてくる。それも濛々《もうもう》と出ているため、初めて目撃した教師は仰天《ぎょうてん》する。食後の一服であろうか。しかし注意する先生はいない。あるいはできないのかも知れない。無量は逃げたくないので男子トイレに向かった。緊張で息苦しい。まだ、コミュニケーションのない突っ張りたちをいきなり注意することは冒険だ。正直、気後れしたが、逃げてしまえば自分はそこで終わる。勇気をもってドアを開けると、狭いトイレで八人の男子がタバコをふかしている。二組の東山慎二《ひがしやましんじ》もいる。無量を見ると、「まさか」という表情を見せた。中央にはプロレスラーのような体格のビッグボスが周囲を睥睨《へいげい》している。河内山大吾《こうちやまだいご》だ。傷だらけの凄惨《せいさん》な表情は見る者をぎょっとさせる。大吾は突然現れた新人を横目で見ると、何事もなかったようにうまそうに吸い始めた。

慎二が威嚇《いかく》するように言った。

「何で来たんだよ。てめえ、ふざけんなよ。教師づらするんじゃねえよ」

無量は彼が虚勢《きょせい》を張っていることがすぐにわかった。ボスに対する忖度《そんたく》である。ビッグボス大吾の存在感は尋常ではない。始業式の日に衝撃的《しょうげきてき》な目つきで無量を震撼《しんかん》とさせた慎二が小さく見えるほどだ。他の六人も凄みのある鋭い目つきで無量を威圧《いあつ》してきた。一瞬、金縛《かなしば》り状態《じょうたい》になった。

どう切り出すかが問題だ。常識的な注意をしても一笑に付されるだけだ。

「ちょっと質問するよ。中学時代からタバコを吸っていると、がんになる率がどれくらいか知っているかな」

　彼らにとって予想もしなかった問いだ。強烈な威嚇《いかく》の前に機先を制せられた格好である。その一瞬のスキをついて無量は続けた。

「中学時代から吸っていると八倍ともいわれる。医学の進んだ今日でも、日本人の死因のトップに躍り出ようとしている。早くやめた方がいい」

　新人の様子を物珍《ものめずら》しそうに見ていた大吾は意外な言葉を発した。

「やべーな。そりゃ、考えねえといけねえな」

　いつもの豪快な突《つ》っ張《ぱ》り台詞《せりふ》ではなく、別人のように貧弱だった。仲間たちは思わず、ぷっと吹き出しそうになったが、ビッグボスを嘲笑《ちょうしょう》するわけにはいかない。懸命にこらえている様子を見て無量は少し余裕をもつことができた。

「もう一つ。家族や親戚《しんせき》にがんになった人がいたら手を挙げてごらん」

　もう、無量のペースである。

「ああ、俺んち、親父ががんで入院中だ。まじーなあ」

　と大吾がつぶやいた。それぞれ自問自答で、突っ張りたちの舞台はいつの間にか健康相談室に変貌《へんぼう》している。こんなはずではなかった。

「そうだったのか。お父さん、大変だね。つらいと思うよ。大吾は苦労ばかりしてきたと聞いている。他人の気持ちがわかる人だと思う。きっといいときが来る。負けるなよ。それと、こんなときは何があってもお父さんを大事にすることだ」

斎藤生活指導主任から聞いていた情報が役にたった。

「さて、家族や親戚にがんになった人がいる場合は、さらに数倍の確率になるといわれる。みんな、自分の将来ががんの恐怖に支配されないように今からタバコはやめることだ」

突然、大吾が立ち上がると信じがたい態度をとった。

「先生、ありがとうよ。おい、お前たち、教室に帰るぞ！」

ドスの利いた声で一礼すると、さっさとトイレを出ていった。

いったい誰が予想しただろうか。呆気《あっけ》にとられた仲間たちも居場所がなくなり、不承《ふしょう》不承《ぶしょう》、芯のない礼をして出ていった。あまりの態度の変化に無量は戸惑った。突っ張りたちの本丸《ほんまる》だけにありえないことだ。初対面の教師の問いかけぐらいで動くような軽い相手ではない。まだ見えない何かがあるはずだ。しかし、彼らも心の底では善良な人間であることがひしひしと伝わってきた。無量は考えるヒントを直感した。

最後にトイレを出ていく慎二の後ろ姿に声をかけた。

「慎二、自分を大切にするんだよ」

無言のまま出て行った慎二。その後ろ姿がかすかに温かかった。

彼らは教室には戻ったものの、日ごろから抜け出しているために授業が理解できない。次の時間になると再び抜け出した。中学生の日常に戻すのは至難《しなん》の業《わざ》である。しかし無量にとっては手応えのある出来事だった。

劣等感を克服する

金曜日の午後四時過ぎ。髭面《ひげづら》の雲つく大男が、突然、ナイフをもって校長室に入ってきた。深山校長は命の危険を感じるほどの衝撃を受けた。しかし、男は穏やかに言った。

「校長先生。今、田んぼのあぜ道でこれを振り回している奴がいたのよ。危ないのでとっ捕まえて取っておいたからな。これ渡しておく。俺は二十年前の卒業生で番格《ばんかく》を張っていた吉村《よしむら》というものだ。名刺、渡しておく。何かあったら応援するからな」

今は塗装会社《とそうがいしゃ》を経営しているそうだ。迫力のある眼光と野太《のぶと》い声《こえ》が強い印象を与える。彼は懐かしそうに遊山中在学当時の様子を少しだけ話すと、きっぱりと帰っていった。

唖然《あぜん》とした深山校長だったが、彼の実直な姿は心を捉えた。開校以来立ち直ったことがない遊山中だ。そこで生きてきた突っ張りの番長が、なぜ学校を応援すると言ったのか。ひそかなロマンを感じた。

数日後の朝礼で深山校長は話した。

「皆さんの様子が少しずつわかってきました。今日は、もっと元気を出して生きてほしいという思いからお話ししたいと思います」

廊下で生徒とすれ違うとき、自分から挨拶し声をかける深山校長。最近では生徒たちも朝礼の話に耳を傾けるようになってきた。

しかし、冒頭から想像もしない言葉が飛び出した。

「一つ質問します。皆さんは通知表の成績がオール五の人とオール一の人では、どちらが頭がいい、と思いますか。考えてみてください」

生徒たちは驚いた表情で注目した。しかし、先生方は困惑した。校長の講話としては、軽薄に思えたからだ。一つ間違えると生徒を深く傷つけかねない危うい問いである。

深山校長はお構いなく朗々と進めた。

「おそらく、ほとんどの人がオール五の人に決まっている、と答えるでしょうね。でも、私はそうでもないと思っています」

あまりにも意外な言葉であった。突っ張りたちにとっては、日ごろから痛みを感じる話題だけに思わず顔を上げた。

「テストで高い点数をとる人はそのことにおいて優れている、と言えるでしょう。自信をもってよいことです。でも、だからといってオール一の人を能力がないなどと決めつけたり、見下したりしてはいけないと思います。

人間の能力には個人差があり、若いうちに素晴らしい力を発揮する人もいれば、六十を過ぎてから独自の能力を開花する人もいます。つまり、学力という一律な基準だけでは測《はか》れないのが、人間の能力と言ってよいと思います。

こんな説もあります。人間の脳は天才級の人でも、わずか数パーセントほどしか使っていないと言います。つまり、中学時代の自分を決めつける材料など、どこにも存在しないのです。そして、この未知の領域の可能性は、皆さん一人一人が一生の時間をかけて取り組んでいく課題だと思います。

ここで皆さんに期待したいことは、温かいまなざしでお互いを大切にし、よい人間関係を育てることです。相手のよいところを発見するのです。それはお互いの未知なる力を刺激し、思いもよらない素晴らしい世界を引き出すことになるのです。

ふだん、皆さんに脅威を与えているツッパリ君たちはどうでしょう。全く頭を使っていないのでしょうか。私はそんなことはないと思います。勉強に集中できないほどの悩みを抱えて自分の境遇《きょうぐう》と戦っているのです。その意味で生きることを真剣に考えている人と言えるでしょう。でも、苦しみをどう受けとめ、どう表現したらよいのかわからないまま、みんなに迷惑をかけるような行いに出ているのだと思います。

先日校長室に、突然、身長一九〇センチメートルもあろうかと思える大きな男の人が、刃物を持って飛び込んできました。私は身の危険を感じ、正直、膝が震えました。でも、その男の人は、『本校の生徒が田んぼのあぜ道で刃物を振り回していたので、危ないのでとっ捕まえてこれ取り上げておいた』といってナイフを届けてくれたのです。彼は二十年前に本校の突っ張りのトップだったそうです。名刺を見ると塗装会社《とそうがいしゃ》の社長でした。まだ三十五歳の若さです。中学校を卒業すると、すぐ塗装会社に就職し地道にがんばってきました。遊山中在学中は、家庭が予期しない大きな負債《ふさい》を抱えたため、悩み、苦しみ、考えた末、進学をあきらめたそうです。辛かったでしょうね。

今では塗装会社の社長として立派に社会に貢献しています。一本気で妥協《だきょう》を知らない強さから、『いい仕事をする』という評判を得て、現場（仕事）のない日はないそうです。彼は自分を生かすことに成功したのだと思います。しかもトラブルを見たら見過ごせない、正義感に満ちた頼りがいのある人物でした。私はこんな人こそ頭のいい人だと思います。どんなに学力が高くとも、自分のために他人を蹴落《けお》とし、またお金に目がくらんで私利私《しりし》欲《よく》に走るようでは頭がいいとは言えません。それは多くの人を不幸にします。

学歴偏重の社会構造はいつも私たちを圧迫しています。ほんの一部の人が称えられ、大部分の人たちは劣等感に苛《さいな》まれています。これが現実です。明らかにおかしいことだと気づいてください。劣等感は自分をダメにする意識です。

その間違った意識から自分を解放することが、中学時代の皆さんの大事なテーマです。重要なことはお互いのよいところを発見することです。喜び、悲しみ、怒り、涙と笑いの中に仲間たちの感動的な姿が映っています。そこに気づくことができるのは、あなたたち一人一人です。喜びの感動を伝えるのです。よい人間関係はそこから広がります。差別や偏見、校内暴力やいじめのない学校は必ず実現すると思います」

深山校長が長い間、生活指導で痛感してきたことであった。朝礼という場で話せたことは、今後の展開にプラスになると考えた。突っ張りたちは、思いのほか真剣に受けとめているようであった。

だが、こんな朝礼の講話にもほとんど無関心な生徒がいる。何かに病んでいるような青白い表情で不安定に立ち、興味のない情報は一切遮断《しゃだん》して聞く耳をもたない。不思議な感性をもつ生徒である。他の生徒との人間関係も作ろうとせず、いつもぽつんと一人でいる、三年生の藤井哲史《ふじいてつし》である。

気になる事件

月曜日の朝、近隣《きんりん》の遊山東小学校の小島《こじま》教頭から電話が入った。

「松山教頭先生、本校の子どもたちから情報が入りました。昨日の午後二時ころ、小学校の近くの公園で二年生の東山徹君《ひがしやまとおるくん》がエアガンで撃たれました。撃ったのは遊山中三年生、藤井哲史君《ふじいてつしくん》です。一緒に遊んでいた子たちが目撃しています。それが一発だけではなく、何度も何度も執拗《しつよう》に撃ったそうです。すぐに東山さんのお宅に連絡をとりました。お母さんの話では大きなけがはなかったようですが、撃たれたところが赤く腫《は》れて家に帰っても恐怖で震えていたそうです。東山さんは非常に怒っていて警察に通報すると言っています。その前に本人からよく話を聞いてください。よろしくお願いします」

緊急に生活指導部会が開かれ、対応策が検討された。まず、哲史を呼んで詳しく事実関係を知ることが先決である。担任の木山《きやま》先生から事情を聞いてもらうところだが、体調を崩して休んでいる。斎藤生活指導主任は無量に白羽の矢を立てた。

「非常に扱いにくい人物で、先日も校舎内を革靴で歩いているところを注意したところ、動物が牙《きば》を剝《む》くようにヒステリックに反応して指導できませんでした。知っている先生より、これまで関係をもっていない無量先生の方がよいかも知れません」

「私も同席しましょうか」

三年学年主任の加藤《かとう》先生がいうと、斎藤生活指導主任は、

「本来は複数の教師で聞くところですが、これまで三年生の先生方が何回も指導してきて反発されていますから、一人がよいと思います」

結局、無量が一人で事情を聞くことになった。先生方の期待も感じられた。

相談室に呼ばれた哲史はふてくされた態度で無量を威嚇《いかく》するように睨《にら》んだ。

「小学校の小島教頭先生から、昨日の午後二時ころ、藤井哲史君が小二の男子をエアガンで撃った、という連絡が入った。何があったのか、話してくれないか」

「知らねえよ」

「見ていた子たちが何人もいる」

やったかどうかを聞いても押し問答に終わる。やり取りがこじれると関係が悪化して、その先に進めなくなる。無量は哲史の反応にこだわらず核心《かくしん》に切り込んだ。

「撃たれた子は家に帰っても怖くて震えていたそうだ。動転したお母さんは怒りをあらわにして警察に通報すると言っている。小島教頭先生が遊山中で事実を確認するまで待ってもらっている。このままだと警察に話が行く。そうなると直接警察に呼ばれて取り調べを

受けることになる。それでもいいかな」

「……」

「昨日の二時ころ、どうしたの」

警察には行きたくない。しぶしぶ話し始めた。

「おとといの夜、親父《おやじ》から成績のことですごく叱られ、ぶん殴られた。むかむかして昨日、小学生を撃った」

動機の一つは見えてきた。しかし、小学生の気持ちも考えず、自分の都合だけで歯止めのない行動を起こすところが問題だ。無量は表面の動きをたどりつつ、慎重に進めた。

「なるほど、そうだったのか。でも、なんの関係もない小さな子に脅威を与えるなんて、やってはいけないことだ。それも執拗《しつよう》に何回も……小二の子が体の大きな中三男子に追いかけられることが、どれほど恐ろしいことか想像してごらん。よく考えてほしい。本当のことをしっかり話し、きちんと謝《あやま》ることだ。自分のやったことは自分で決着をつけないとね。小二の子は東山徹君です。私のクラスの東山慎二君の弟だ」

哲史の顔色が変わった。ビッグボスのグループの慎二だ。仕返しの可能性が高い。

しかも到底《とうてい》かなう相手ではない。

「どうしたらいいですか」

「まず、小学校との事実の確認をする。その上できちんとした場を設けて相手に謝ることが必要だ。だが、その前にご両親に学校に来ていただいて事実を知ってもらわなければならない」

向き合わない保護者

「えっ、親を呼ぶんですか。ああ〜それは困る」

　無量は甘い言葉を避け、客観的な状況を話した。

「被害を受けた子や親に対して、きちんと決着しないとこじれる。東山さんは相手の対応次第では訴訟《そしょう》を起こすと言っているそうだ。幸い、撃たれたところが赤く腫《は》れているだけで大きなけがではなかったが、なんの分別もない理不尽な行動により可愛いわが子が撃たれたわけだから怒りは尋常《じんじょう》ではない。何よりも早めに対応することが大切だ」

「でも、困るんです。父は有名な学習塾の経営者で、俺がこんなトラブルを起こしたことを知ったら大変です」

「それは理由にならない。でも、事情があるなら話してごらん」

　哲史は深刻な表情で話し始めた。

「姉と弟は成績優秀で一流私立大学と有名私立中に進学しています。俺だけが全部落ちてしまった。ぎりぎりのところばかり六校も受けたんだ。でも力が足りなかった。プライドの高い父は許せない。そこで罰として、『どうしようもない悪の学校、何をしてもかまわない遊山中』に進学させられた。全く期待されないだけでなく、俺なんか消えてほしいくらいに思っている。学校に呼ばれても、きっと迷惑をかけると思う」

「そうだったのか。全くけしからん親だ。私はそう思う。君の将来は親のプライドのためにあるんじゃない。でも今は東山さんにきちんと謝罪することだ。もしこじれると、収拾《しゅうしゅう》がつかなくなる。けじめがついたら自分についてよく考えることだ。今回のことが成長の転機になることを期待してるよ」

　無量の話は一応理解できたようだが、哲史の心の底には、得体の知れない妖《あや》しい感情が蠢《うごめ》いていた。

　生活指導部会で哲史の聞き取りの内容を共通理解すると、次に小学校の先生方が調べた結果と突き合わせて食い違いがないかを確認した。小二の男子の説明と概ね一致した。

　斎藤生活指導主任は、

「さっき小学校の小島教頭より電話があり、徹君のお母さんは次のように話されています。『全く許せませんが、二人を会わせて謝罪など御免こうむります。息子の心の傷はもっと深くなるに違いありません。親同士の決着で結構です。あの生徒とは二度と会わせたくありませんから』と、言っています。東山さんのご意向ですから、基本線はこれでよいと思います。その前に哲史君のご両親に学校に来てもらいましょう。事前の話し合いが大事です。哲史君にも同席させましょう。加藤先生、連絡をお願いします」

　三日後、哲史の両親がやってきた。本人も一緒である。

校長室に入ると、父親は一応謝罪の言葉を口にしたが、忌々《いまいま》しそうな目をしている。それでも斎藤生活指導主任から事実の一部始終を伝えられると真剣な表情になった。

学年主任の加藤先生がやさしく促すように言った。

「哲史君、ご両親に話すことはありませんか」

彼は重い口を開いた。

「ごめんなさい。こんなことになって。もう、二度としないようにします」

素直な言葉であった。しかし、父親は辛辣《しんらつ》な言葉を放った。

「馬鹿たれ！　こんな小学生でもわかるようなことがわからんのか。成績も悪いし、行動もなっていない。今後くり返すようなら、もう勘当《かんどう》だ！」

悪口雑言《あっこうぞうごん》である。深山校長がたまりかねて言った。

「あなたは、今、トラブルを起こしてしまった子の保護者として来ているのですよ。お話をうかがっていると、すべて責任は本人にあるように言われますが、成績のことでは常に辛く当たられてきたようですね。それが彼にとってどれほど重いプレッシャーになってきたか、計り知れません。彼は今、鋭敏《えいびん》な感性をもつ思春期《ししゅんき》の中学生です。そこをしっかり押さえていただきたいと思います。

気になるのは、一度ならず執拗《しつよう》にくり返し撃っていることです。妖しげな反発心が生きる動機になっているなら、今後、取り返しのつかないことを起こす可能性があります。彼にとっても、あなた方ご夫婦にとっても救われませんよ。お立場はわかりますが、子は親の所有物ではありません。彼には彼の大切な人生があります。それを後押しするのが私たち大人の責任ではないでしょうか。おわかりのことと思いますが、子どもが生きる上で大切なことは、大人の温かい言葉です。この機会にしっかり支えてあげてください」

深山校長は哲史の気持ちも考えながら毅然《きぜん》と言い切った。

哲史は思いもよらない校長の言葉に驚き、感動し、鬱屈《うっくつ》した心の底を見透かされたような気がした。そして深山校長の顔をまっすぐに見つめた。父親の表情に深い陰影が走った。

無量はその瞬間を見逃さなかった。

黙っていた母親が口を開いた。

「みんな私が悪いのです。子どもたちには塾経営者としての父親の手前、一流の中学校に進むこと以外の選択肢《せんたくし》は与えませんでした。今日お話を伺って、私たちが考えを改めないと取り返しのつかないことになると思いました。罰としてこんな中学校に入れたのが間違いでした。後悔しています」

教師たちは唖然《あぜん》とした。置かれている状況がほとんどわかっていない。これでは相手の両親に会わせても難航《なんこう》が予想される。

「今日、帰られましたら、もう一度よく整理してお考えの上、当日、東山さんに納得のいくよう、対応していただきたいと思います。特にご都合が悪くなければ三日後にご両親とお会いする場を設定したいと思います。よろしくお願いします」

ここでもう一つの不安が急速に大きくなりはじめた。徹の兄、慎二が黙っているはずはない。無量は先手を打って、放課後、慎二を呼んだ。

いやな予感

「慎二、弟さんがエアガンで撃たれた件を知っているね。どう受けとめた」

タバコ事件で少し近づいた距離に頼るしかない。

「別に気にしてねえよ」

「じゃあ、先生方に任してくれるね。今日、哲史のご両親と本人に来てもらい、話し合いをもった。明後日、親同士で会い、謝罪があると思う。許せない気持ちはわかるけど、勝手に手を出したりするなよ」

「わかった」

ポーカーフェイスで本心はよくわからない。

夕方、無量は胸騒《むなさわ》ぎがして彼らがよく集まる熊野神社《くまのじんじゃ》に向かった。

次第に足早になった。薄暗くなった境内に数人の人影が見えた。

一人はプロレスラーのような体格の男、ビッグボス、大吾だ。

彼を真ん中にして哲史と慎二が向き合っている。

今、まさにケンカを始めようとしているところであった。

「おい！　待て！　やめるんだ！」

全力疾走で駆けつけた無量は激しい息づかいのまま割って入った。大吾が言った。

「先生、なぜ止めるんだ。こいつのやったことは俺たちでも決してやらない卑怯《ひきょう》な方法で、幼い小二の子を撃ったんだぜ。袋叩《ふくろだた》きにされても仕方がないところを、一対一のケンカにしてやったんだ。感謝されても怒られる理由はないぜ。なあ、慎二よ」

「当然だ！　この野郎、来いよ！」

哲史は、ぞっとするような冷たい笑みを浮かべた。無量は恐ろしいものの正体が見えたような気がした。

「いや、いや、ダメだ。確かに哲史のやったことは許されないことだ。だからと言って、勝手な暴力沙汰《ぼうりょくざた》はいけない。哲史は私が責任をもって指導する。手を引いてくれ」

しばらく二人は睨《にら》み合っていた。すると、ビッグボスがいった。

「しゃあねえな。無量先生の頼みだ。ここは一応引き下がろう。いいな！　慎二！」

圧倒的な厳しさで言い放った。慎二はしぶしぶ引き下がった。

呆然《ぼうぜん》としている哲史には何が起こっているのかよくわからなかった。無量はタバコ事件の折の大吾の心理的変化に気づいていなかった。信じられないことだが、これまで大吾は他人から優しい言葉をかけられたことがほとんどなかった。

保育園の年長組のころ、母親が病気で亡くなった。荒《すさ》んだ父親はアルコール中毒に陥《おちい》り、しばしば大吾に暴力をふるった。しかも小学校に上がると毎日のように酷《ひど》いいじめに遭《あ》い、先生方は誰も助けてくれなかった。教師に対する不信感は増していった。死にたいと思ったこともあった。その鬱屈《うっくつ》したエネルギーは誰からもフォローされることなく次第に大きくなっていった。

遊山中に上がると、さらに上級生から暴力を受け、使い走りをさせられる毎日であった。上級生は大吾の様子から、いずれは手に負えなくなる予感をもった。殴られ、蹴られながらも次第に強くなっていった。体も大きくなり、めったなことでは動じないほど強くなった。学校間抗争《がっこうかんこうそう》の際、相手の猛者《もさ》と対決させられ、ことごとく勝った。時には二人を相手にしたが負けることはなかった。すでに校内でも彼に勝てるものはいなくなり、ナンバーワンの番長となった。身長一八八センチ、体重一二〇キロ。その上、運動神経も抜群で、他校の突っ張りグループの脅威になっている。さらに卒業生の暴走族グループにも目をつけられる存在だ。多難な将来を予感させるものであった。

眼光鋭く《がんこうするど》、ヒリヒリとしたオーラが出ている。その近づきがたい存在感に恐れを成し、みんな避けて通った。先生方も視線を合わせることを避けた。

ところがタバコ事件の際の無量の一言が、彼の心を大きく揺すっていたのだ。それは何気ないやさしい一言であり、自分を受けとめてくれる言葉であった。思わず彼らしくもない竜頭蛇尾《りゅうとうだび》の姿を見せてしまったのも、うなずける話である。

「俺が間に入ったからには、以後、ケンカするんじゃねえ。二人ともわかったな」

二人は同時に、はい！　と答えた。

「大吾、ありがとう。君は最高のリーダーだ！」

無量は大吾の手を強く握った。大吾は照れくさそうに笑った。

慎二も納得せざるを得ない。しかし、哲史は再び無表情に戻っている。

無量はふと思った。斎藤先生が廊下を革靴で歩いていた哲史を注意したときに、「動物が牙を剝くような、ヒステリックな反応を示した」と、言っていたことだ。もし、この場で慎二が勝ったとしても、さらに恐ろしい仕返しを企むに違いない。大吾の判断は悪化の連鎖を食い止めたのである。

翌日、無量はその一部始終を斎藤先生と学年主任の加藤先生に話した。

「突っ張りたちの気持ちをつかむとは驚きです。私たちにとって何が必要なのか、改めて考えさせられました。ケンカがそのまま行われていたら、双方の保護者の様子からも収《しゅう》拾《しゅう》のつかないことになっていたと思います。本当によかった。無量先生、今後も三年生の生活指導に力を貸してくださいね」

加藤先生の声は弾んでいた。

「当たり前の声をかけただけで、特別な指導ができたわけではありません。でも、大吾君と慎二君、新たに哲史君ともコミュニケーションが取れるようになりました」

斎藤生活指導主任もうなずきながら、

「無量先生、大変なのはこれからです。難しいのは生徒ばかりではありません。遊山市には過激《かげき》な思想団体《しそうだんたい》や新興宗教《しんこうしゅうきょう》の支部もあります。対応を間違えると学校を混乱に陥れることになります。情報交換を十分に行いながら取り組んでいきましょう」

父は大工の棟梁

一部の生徒の抜け出しはあるものの、授業は一応軌道《きどう》に乗りはじめたようだ。

四月下旬の月曜日。無量は二時間目の二組の授業に出た。相変わらず慎二は横を向いて腰かけている。

「慎二君、教科書出そうよ」

おおらかな表情と深い目をもつ、森屋若葉だ。

「うるせえ、俺は勉強には興味ねえ。勝手にやってろ」

若葉は慎二のカバンを断《ことわ》りもなく開けると、数学の教科書を取り出して机の上に置いた。驚いたことに慎二は何も言わなかった。彼女は新学期の慎二の様子をじっと見守っていたが、実力行使に出たのである。

慎二はどんなに荒れているときでも、乱暴な言動とは裏腹に若葉の言うことだけは受けとめる。彼女にかすかな好意をもっていることもあるが、筋の通った言葉に抵抗できない力があるからだ。こんな若葉は大工の棟梁である父に大きな影響を受けていた。

父、定夫《さだお》は一からたたき上げの本格的な大工である。今では左官屋、建具屋、電気屋、水道屋などの個性的な親方たちを励ましながら、一軒の家を建てる立派な棟梁だ。

午前、午後のお茶の時間にはみんなを集めて様々な出来事をネタに談笑する。そこでは抱腹絶倒《ほうふくぜっとう》の話術《わじゅつ》が冴《さ》え、骨格の大きな棟梁の宇宙に巻き込んでいく。建築現場には笑いが絶えない。専門部署でやるべきことをユーモラスに指摘するが、鋭い言葉を発することはまずない。しかも、よいところはとことん褒《ほ》める。人間関係を深める達人でもある。そのため、個人営業の大工としては破格とも言える年間十軒もの建築実績をもつ。特に若者を育てることにおいては傑出した存在だ。

刑務所から出てきて半年もたたない若者を引き取ったこともある。若者は何ごとにも自信がなく、いつもマイナス思考であった。世話になっている左官の親方《おやかた》のところでも、次々にトラブルを起こした。困った親方は森屋棟梁に相談した。すると、

「俺が面倒見てやってもいいよ。連れて来いよ」

いとも簡単に引き受けてくれた。

初対面の日。若者は鼻に大きなリングをつけてきた。普通なら小言が出るところだ。場合によると破談《はだん》である。ところが棟梁は怒ることもなく、

「あによ、親方。今日は牛～連れてきたのかよ」

爆笑である。初対面の緊張した空気は一瞬にして吹き飛んだ。

状況を直感的に受けとめ、明るく導く森屋棟梁。気まずい場面では機知《きち》に富んだ一言が場の雰囲気を和らげる。

若者は翌日、鼻のリングを外し、スポーツ刈りにして棟梁に挨拶してきた。

彼は痛々しいほど次々に失敗をくり返した。そうしながら必死に生きてきたのである。特に人間関係は苦手であった。信じられないようなバカな事件も起こした。それでも棟梁は決して怒ったりはしない。人生の筋道を通す具体的な助言とユーモアに富んだ言葉が、窮地《きゅうち》に陥った彼を救うのである。棟梁は彼がいつか自立する日を夢見ている。やがて独り立ちする朝、劇的なことが起こるのだが。

家を建てるときには依頼主《いらいぬし》の要望《ようぼう》をよく聞き、どんなに小さなことでもしっかり受けとめる。しかも破格に安い金額に抑えてくれる。職人さんたちに対してもそうだ。面倒見がよく気さくな人。金持ちも貧乏人も決して差別しない。どんなことがあっても、決して見放さない。あらゆる人と信頼関係を築いてきた棟梁である。若葉はこんな父が大好きであり誇りであった。

男子は女子の目を意識する。当たり前のことだが、重要な事実でもある。様々な可能性が開ける思春期。若葉は、慎二がトラブルを起こすたびに厳しい助言をくり返してきた。他の生徒と暴力沙汰《ぼうりょくざた》になったとき、若葉は間に入り、果敢《かかん》に説得《せっとく》する。

「あなたはそれでいいの？　あなたが殴《なぐ》ろうとしているのは自分自身よ！」

クラス仲間は若葉のこんな姿勢に共感し、触発され、信頼のまなざしを向けるようになった。特筆すべきは、慎二の無頼な言葉と若葉の厳しい言葉がぶつかるとき、教室にはなぜか清新な空気が漂うことである。学校を動かすエネルギーは、こんなところから成長し始めるのであろうか。この二人が二組の成長をリードしていく。各教科担当の教師たちも感じていることである。

M市会議員

数日後の五校時、突然、救急車が校内に入ってきた。

理科の実験で希硫酸《きりゅうさん》が生徒の目に入ったのである。厳格《げんかく》な指導《しどう》で生徒から信頼のある国生《こくしょう》先生の授業だが、生徒のうっかりした動作で起こした事故であった。直ちに水で目を洗う措置をとり救急車で病院に搬送したが、検査結果は異常なしであった。

先生方がほっとしていると、M市会議員から校長に電話が入った。

「校長さん、また何かあったようだね。救急車が校内に入ったのを見たよ。隠しちゃいけないね。隠ぺい体質が保護者の信頼を失う。何かあったら、すぐ私に知らせてください」

一方的な電話に深山校長は戸惑った。近くに住んでいる市会議員だが、議会ではいつも遊山中学校をやり玉にあげている。学校を良くしていこうというよりは、自己宣伝のための道具にしている人物である。松山教頭が言った。

「校長先生、本当に失礼な人ですね。学校の課題を指摘して改善の努力をする人のようには思えません。いちいち議員に報告する義務などないと思います。その都度、教育委員会に報告していますから」

深山校長はうなずきながら言った。

「一つ一つ、きちんと対応していきましょう。いずれ、わかってもらえると思います」

翌日の五校時。今度は近くの民家から電話が入った。

「遊山中の生徒さんが酒を飲んで倒れています。すぐ来てください」

保健室に担ぎ込まれた男子生徒は、顔面蒼白《がんめんそうはく》で意識がもうろうとしている。明らかに、急性アルコール中毒の症状だ。直ちに保護者に連絡を取って、搬送先の病院を相談した。家庭が経済的に貧しいため、進路について悩む三年生である。しばしば学校を休むこともあった。彼のとぎれとぎれの話では、校地内に捨ててあった酒瓶《さかびん》に酒が入っていたので一気に飲んだそうだ。しかし、毎日校地内をくまなく見回り、危険物やタバコを回収している松山教頭は断言する。

「一日三回は見回りをしていますが、酒瓶《さかびん》などどこにもありませんでした。おそらく誰かが学校に持ってきたものでしょう。本人かも知れませんね」

医師の診断も急性アルコール中毒であった。ぐったりしてはいるが命の心配はない。取り巻きの生徒に聞いてみると、松山教頭の推測通り自宅から酒瓶をもってきてみんなの前で飲んでみせたそうだ。

「何を考えているのでしょうか。週刊誌が知れば直ちに、『授業中、中学生が酒盛り！』というセンセーショナルな見出しで売り出すでしょう」

深山校長は直ちに教育委員会に第一報を入れた。まず事実をつかんだ上で本人への指導と保護者への説明をしなければならない。

ところが、再びM市会議員から電話が入った。

深山校長は対応の難しさを感じた。

「申し訳ありません。私の指導力不足でご迷惑をおかけます。急性アルコール中毒で話を聞ける状態ではありませんので、明日、詳しく聞き出し、指導を行いたいと考えています。教育委員会にはすでに報告してあります」

「何を言っているんだ。二日連続で学校に救急車が入るなど、あってはならないことだ。子どもや保護者、地域の人たちの不安が広がっている。この責任をどう取るのかね」

一理あると、そこから見境なく攻めてくる。なぜか、議員にはこんな人がいる。

「まことに申し訳ありません。今、生活指導部の先生方で一緒にいた生徒から事情を聞いているところです」

「生ぬるい。普段の生活指導体制が体《てい》をなしていない証拠だ。こんな学校の状態では安心して子どもを託すことはできない。これから教育委員会に出向いて説明を求める！」

無量はその様子を聞いて怒りを感じた。子どもたちは様々な環境から様々な事情を抱えて学校に来ている。時にはこんなこともある。しっかり事実を確かめて二度とくり返さないよう自覚させ、成長の機会にすることが教師の仕事である。

しかし、M市会議員の態度は無節操《むせっそう》で高圧的《こうあつてき》、品性のかけらも感じられない。

動転《どうてん》して病院に駆《か》けつけた母親には斎藤生活指導主任が状況を説明し、翌日学校に来てもらい、今後の指導について相談することになった。その後、深山校長は教育委員会に出向いて学校の対応を報告したが、教育長からはむしろ励まされる結果になった。

ところが翌日、さらに事件が発生した。大吾と張り合う鬼丸真吾《おにまるしんご》が担任から注意を受けた腹いせで鉄線入りのドアガラスを思い切り殴り、手首の内側を切ってしまった。心臓《しんぞう》の拍動《はくどう》とともに噴き出す血に動転《どうてん》して取り巻きたちとともに職員室になだれ込んできた。

「おい！　早く血を止めてくれ！　何やってんだ。おらあ！」

子分格の突っ張りが大声でわめいた。職員室には養護教諭《ようごきょうゆ》の杉下《すぎした》先生と深山校長がいたが、何が起こったのかよくわからない。冷静な杉下先生は状況を見て直ちに指圧止血をほどこし、机の引き出しから用具を取り出そうとした。ところが興奮した子分格の突っ張りが大声でわめき散らした。

「何やってんだよ、バカ野郎！　血が噴き出してんじゃねえかよ」

度を越した無頼《ぶらい》な態度《たいど》に深山校長はたまりかねて、

「黙れ！　ふざけたことを言うんじゃない！」

職員室中に響く大音量の声で制止した。驚いたのは鬼丸だった。まさか、あの校長先生がこんなに激しく怒るとは考えてもいなかった。廊下ですれ違うとき、必ず声をかけてくれる校長先生だったからだ。みんな呆気《あっけ》にとられた。

「今、手当てをしているところだ。出血を止めなければ命にかかわることもある。冷静になれ。杉下先生の手当てを静かに見守ろうじゃないか。応急手当てができたらすぐ救急車で搬送《はんそう》するから大丈夫だ」

　すっかりおとなしくなった突っ張りたちはきょとんとしている。

「さあ、保健室に移動して救急車が来るまで待ちましょう。鬼丸君以外の人は教室に戻ってくださいね」

　校長の怒声《どせい》にびくともしない杉下先生。彼らはその様子だけで尊敬の念をもった。突っ張りたちの心を動かすのは教師のやさしさと大きさである。

　救急車も三日連続となり、あのM市会議員が黙ってはいまい。大変な剣幕《けんまく》で電話してくるに違いない。ところが今度は市長室に直接飛び込んだ。

「鈴木《すずき》市長、遊山中は三日連続で救急車が入った。あの教員たちでは最悪だったころに逆戻りだ。教育長以下をしっかり指導していただきたい」

　鈴木市長は、この議員の性行《せいこう》をよく知っていて対応した。

「わかりました。教育長とよく相談してみましょう。ただ、学校の失点を鬼の首を取ったように責め立てたら先生方も委縮《いしゅく》してしまい、よくなる学校も立ち直る機会を失ってしまいます。もう少し学校現場に任せていただけませんか」

　それで納得するM議員ではない。

「市長までそんなことを言うのか。無責任だ！　今度の市長選挙ではもう支持しないからな。来月の議会で取り上げる！」

捨てゼリフで市長室を出ていった。

病院で手当てを受けた鬼丸は七針ほど縫《ぬ》ったが、放課後、杉下先生とともに右手を三角巾《さんかくきん》で吊りながら校長室にやってきた。

「今日はありがとうございました。俺たち、遊山中であんなに怒られたのは初めてだった。何か、すっきりした感じです。幸い、太い動脈までは切れてなかったのでほっとしました。院長先生に、『糸を抜くときは痛いぞ』と脅《おど》されました」

みんなから恐れられていた鬼丸が実に爽《さわ》やかな表情だ。

鬼丸の母親は、彼が小学校三年の時にノイローゼで自殺している。他にも理由はあったのかも知れないが、確かな情報は聞こえてこなかった。真吾は母を救えなかった父を恨《うら》んだ。中学生になっても決して心を開こうとしない真吾はことごとく父と対立した。父との関係は修復されないままだ。

深い闇の中で孤立感に襲われた真吾は、痛々しいほどの被害者意識に支配され、次第に他人を信じる感情を失っていった。しかも周囲の心ない悪口が鬼丸を追いつめた。常軌《じょうき》を逸した行動をとるようになった真吾は自分に害をなす者を闇討《やみう》ちにしたり、集団で暴行を働くなど陰険《いんけん》さを極めた。こうして必死に生きてきた姿は大吾に似ている。そんななかで普段から何気ない言葉で励ましてくれる深山校長と出会ったのである。そのやさしさは真吾が父に求めていたものであったかもしれない。

一方、「エアガン事件」の保護者同士の話し合いは、藤井の両親が丁重な謝罪をしたためなんとか収まった。しかし哲史はそれから学校に来なくなった。

　トラブルは次々に発生する。昼休みの廊下で大吾と鬼丸の子分同士が殴り合いになった。日ごろの対立が伏線にあったのだろう。しかし大吾も鬼丸も表には出てこなかった。そんなときは斎藤生活指導主任の指導で収まる。無量が慎二から聞いたところでは、鬼丸側が二市を隔てたところにある極楽坂《ごくらくさか》中学校《ちゅうがっこう》の突っ張りたちに挑発的なウソ情報を流したようだ。その内容は、

「極中《ごくちゅう》の奴《やつ》らは弱っちいのばっかりだ。ゴミみてえな、クソガキどもよ」

と、大吾が言ったという。相手を侮辱《ぶじょく》し煽《あお》るものであった。学校間の暴力を誘発するには十分であり、情報交換の場は学習塾だった。警戒した先生方はさっそく生活指導部会を開き、次のトラブルを未然に防ぐために極楽坂中学校に連絡をとった。しかし、教師のいうことを聞くほどの信頼関係があるとは思えない。遊山中に不安が広がった。

凶器をもって集合

　二週間が経《た》った月曜日の放課後。

　隣の遊山西中の生活指導主任から電話が入った。

「先ほど、遊山中と本校の生徒二十一名が、バットや角材をもって集まっているところを

取り押さえました。お宅の生徒さんを引き取りに来てください」

電話に出た斎藤生活指導主任は深山校長に報告すると、直ちに遊山西中に向かった。緊急に生活指導部会が開かれ、松山教頭の陣頭指揮《じんとうしき》で対応を検討した。

午後六時過ぎ、戻ってきた生徒たちの聞き取りがはじまった。遊山中の生徒は十二名である。大吾陣営のほか、意外にも鬼丸陣営の二名もいた。対立する者同士が、なぜ一緒なのか不明である。一人一人への指導と並行して保護者にも連絡し学校に来てもらわなければならない。しかし、夕方から夜の仕事の保護者も多く、なかなか連絡がつかない。先生方に焦りの色が見えはじめた。

いずれの生徒も相手の学校名や理由については答えようとしなかった。

無量は慎二の聞き取りを行った。

「なんの目的で集まったのか話してくれないか」

「知らねえよ」

「凶器をもって、殴り込みに行こうとしたんじゃなかったのかな」

「知らねえよ。同じこと何度も聞くんじゃねえよ」

無量は教師に対する不信感が想像以上に深いことを痛感した。

山村先生のような教師ばかりではない。トラブルを起こした生徒を呼びつけて上から目線で叱りつける教師。理由を聞こうとせず決めつけてしまう教師。トラブルの背景を洞察《どうさつ》し真実を知ろうとする努力をしない教師。言葉《ことば》に棘《とげ》がありいつも生徒の気持ちを傷つけて

郵 便 は が き

料金受取人払郵便

新宿局承認

2523

差出有効期間
2025年3月
31日まで
(切手不要)

1 6 0-8 7 9 1

1 4 1

東京都新宿区新宿1－10－1

(株)文芸社

愛読者カード係 行

ふりがな お名前		明治 大正 昭和 平成	年生 歳
ふりがな ご住所	□□□-□□□□		性別 男・女
お電話 番 号	(書籍ご注文の際に必要です)	ご職業	
E-mail			
ご購読雑誌(複数可)		ご購読新聞	新聞
最近読んでおもしろかった本や今後、とりあげてほしいテーマをお教えください。			
ご自分の研究成果や経験、お考え等を出版してみたいというお気持ちはありますか。 ある ない 内容・テーマ( )			
現在完成した作品をお持ちですか。 ある ない ジャンル・原稿量( )			

書　名				
お買上 書　店	都道 府県	市区 郡	書店名	書店
			ご購入日	年　　月　　日

本書をどこでお知りになりましたか?
1.書店店頭　2.知人にすすめられて　3.インターネット(サイト名　　　　　　　　)
4.DMハガキ　5.広告、記事を見て(新聞、雑誌名　　　　　　　　)

上の質問に関連して、ご購入の決め手となったのは?
1.タイトル　2.著者　3.内容　4.カバーデザイン　5.帯
その他ご自由にお書きください。
(　　　　　　　　)

本書についてのご意見、ご感想をお聞かせください。
①内容について

②カバー、タイトル、帯について

弊社Webサイトからもご意見、ご感想をお寄せいただけます。

ご協力ありがとうございました。
※お寄せいただいたご意見、ご感想は新聞広告等で匿名にて使わせていただくことがあります。
※お客様の個人情報は、小社からの連絡のみに使用します。社外に提供することは一切ありません。

■書籍のご注文は、お近くの書店または、ブックサービス(0120-29-9625)、セブンネットショッピング(http://7net.omni7.jp/)にお申し込み下さい。

いる教師など、自覚がないまま状況を悪化させてきた。

共通するのは問題を解決しようとする熱意《ねつい》に乏しいことだ。

無量は角度を変えた。

「大吾は知っているのかな。なぜ彼に知らせないで行こうとしたのか、理由を話してくれないか」

慎二は一瞬、言いかけたがすぐにやめた。

生徒の聞き取りはかみ合わないまま、午後七時半を回っていた。

らちのあかない指導に対し怒号《どごう》が上がり始め、廊下で順番を待っていた首謀者《しゅぼうしゃ》の四人も次第に興奮《こうふん》してきた。

「バカ野郎！　俺はもう帰るからな！」

叫び声とともに、壁をドンドン蹴る音が廊下に響きわたり騒然《そうぜん》としてきた。

深山校長は放置できないと考え、廊下で怒鳴《どな》っている四人に声をかけた。

「みんな！　校長室に入れ」

迫力のある声が廊下に響いた。四人はお互いに相槌《あいづち》を打ちながら、のっそりと校長室に入りソファに腰かけた。失敗したら今後の指導が難しくなる。

深山校長は慎重に話を切り出した。

「お前たちな。バットや角材など、あんな凶器をもって渡り合ったらどうなるか、考えたのか」

「……」

聞き取りの押し問答とは異なる問いであり、四人は思わず考えた。

「私が生活指導主任をしていたころ、暴走族同士の争いに中学生が巻き込まれた。凶器をもっての大げんかになり、収拾がつかなくなった。その結果、一人は頭蓋骨折《ずがいこっせつ》の重傷《じゅうしょう》を負い、もう一人は右目の失明という、取り返しのつかないことになってしまった。さらに、やられた方は縁者《えんじゃ》の暴力団に応援を頼み、仕返しに次ぐ仕返しで泥沼状態《どろぬまじょうたい》に陥った。争いはその後数年間も続き、重傷者が相次いだ」

深山校長はここで声を大きくして言った。

「君たちはそんなことに耐えられるかな。事前に止めてもらって本当によかったと思う。西中の先生に発見してもらわなかったら、いったいどうなっていたことか」

「……」

反論はない。彼らの想像力はようやく働きはじめた。

「ところでお前たち。すでに極中の連中にやられているんじゃないか。どうなんだ」

お互いに目くばせして納得のいく表情を確認すると、大吾陣営の副番長、遠野亮《とおのりょう》が冷静に、しかも驚くほど明快に言った。

「校長先生、よくわかりましたね。実はそうなんです。先週、俺たちは極中の奴らに騙《だま》されて多摩川の河原に一人一人呼び出され、集団でボコボコにされたんです。そのなかには大吾のニセ情報を流した、こいつら鬼丸一派二人も入っていたんです。西中の連中も同じように酷《ひど》くやられました。大吾は親父の症状がよくないし、鬼丸は大けがだし、二人には知らせないで俺たちでやろう、ということになったんです」

みんな相槌《あいづち》を打った。先ほどまでの興奮した状態はすっかり収まり、事態を冷静に見つめるまなざしになっている。深山校長は言った。

「私も本当に卑怯《ひきょう》な奴《やつ》らだと思う。しかし大吾や鬼丸が知ったらどうなっていたことやら。ここで食い止められたのは幸いだ。二人には私から話をする。任せてくれるね」

四人は申し合わせたようにうなずいた。校長室での様子は難航《なんこう》していた他の者たちにも伝わり、固唾《かたず》を呑《の》んで待っているところであった。すでに午後八時を回っていた。

この時点で集まった保護者はまだ半数だ。深山校長は生徒たちを空腹のまま待たせるわけにはいかないと考え全員にカレーライスを取った。みんな静かに食べていた。それは自分をふり返る時間にもなったようだ。食べ終わると、

「校長先生、今日はありがとうございました。カレーライス、ごちそうさまでした」

遠野亮があいさつすると、一人一人元気よくあいさつして校長室を出て行った。

爽やかな遠野亮のまなざしが印象に残った。

大方の保護者が集まったのは午後九時過ぎである。斎藤生活指導主任から経過説明と生徒への全体指導が行われ、その後、深山校長からあいさつがあった。

「事前に発覚して、本当に良かったと思います。彼らが怒るのも無理はないと思います。でも事件が起こってしまったら収拾のつかないことになったと思います。不幸中の幸いです。

未遂事件でしたが失敗の中にも成長の芽が潜んでいます。帰宅されてからそれぞれご指導があると思いますが責め正すだけでは解決しません。お子様の成長のきっかけとなるよう、声をかけていただきたいと思います」

心臓がつぶれる思いで駆けつけてきた保護者たちはほっとした表情になった。ここに至るまでの苦労をふり返り、涙を流している保護者もいた。

こんな声も聞こえてきた。

「今までの呼び出しでは、保護者が厳しく責められるだけでした。先のことを思うと目の前が真っ暗になったものでした。でも、今日は子どもたちが素直な顔をしている」

わが子の暴力的な行動で何度も何度も学校に呼び出されてきた保護者たちだ。遊山中の先生方の様子は変わりつつある。共感性のある言葉が保護者たちの心を温かく包んでくれた。最後に学年主任の加藤先生から、二度とくり返さないよう重ねて厳しく指導を行い、保護者に対しては激励の言葉をかけた。

「力を落とさないでくださいね。さあ元気出して！　ともに支えあっていきましょう。保護者の皆様にとっても、私たち教師にとっても大切な子どもたちですから」

生徒たちはすっきりした表情で聞いていた。

騒動《そうどう》は一応決着したが、極中にこの未遂事件《みすいじけん》が漏《も》れた場合の心配は残った。

午後十一時四十分。深山校長は疲労困憊《ひろうこんぱい》の先生方にねぎらいの言葉をかけ、待機《たいき》していた先生方にも丁重《ていちょう》にねぎらいの言葉をかけて職員会議を終了した。

翌日、中心人物の四人は午前六時に校長室を訪れた。

昨夜のカレーライスのお礼を再度伝えると無言で朝清掃の手伝いをはじめた。保護者とのやりとりもまずまずだったようだ。昨夜の嵐のような時間を思うと、彼らの潔い態度が奇跡のように輝いて見えた。この出来事を今後に生かしていくことが大切だ。

放課後の校長室には大吾と鬼丸の姿があった。話し込むほどに緊張はほぐれ、暗くなるまで語らっていた。

校長室にて

朝の早い時間と昼休みには校長室から音楽が聞こえてくる。

「どうぞご自由にお入りください」

と、表示されている。

ジャンルにかかわらず軽快な音楽が流れ、突っ張りたちも自然に来るようになった。彼らがやってくるのはなぜか早朝だ。大吾一派は入ってくるなり大きなソファでくつろいでいる。不思議な光景である。

大吾が言った。

「校長先生、俺のＣＤも持ってきていいかなあ」

「ああ、いいよ。どんなCDかな」

「ヘビメタのガンガン鳴る、かっこいいやつよ」

「そうか。じゃあ、明日持って来いよ」

静かな音楽が流れる校長室での会話である。馴染んできたためか、進路のことも口にするようになった。大吾一派が校長室にいるとき、鬼丸一派は怪訝《けげん》な表情《ひょうじょう》で横目で見ながら通り過ぎていく。自分たちも入ってみたいのである。

深山校長は話題のなかに入って一緒に考えようとする。危険な情報も普通に出てくるから助言もする。彼らとの関係は決して自分から切らないことが大切だ。

先日も、極中の話になった。

「あいつら、本当に卑怯《ひきょう》な奴《やつ》らだ……」

勝手に行動した遠野亮は下を向いた。

「亮、俺に任せておけ」

不穏な発言であった。深山校長は見逃さずに言った。

「大吾、仕返しはダメだ。これ以上トラブルは起こすなよ」

「大丈夫です」

さらっと言ったが、かえって不安が残った。

遠野亮の目が鋭く光った。

校長室には色々な人物が訪れる。

先日も地域のご老人が突然やってきた。

農作業のままの服装だ。年齢は六十代半ばであろうか。

「私、近くに住んでいる吉村《よしむら》という者です。遊山中の気配が変わってきたので激励《げきれい》に来ました。これ、食べて下さいね」

と言って、大根二本とねぎ三本をテーブルに置いた。

温かいことばをもつ人で声を聞いているだけで和む。

「わあ、なんて鮮やかな色でしょう。有難くいただきます」

深山校長はお茶を入れると来客に笑顔で向き合った。

ご老人は両手で慈《いつく》しむようにお茶を啜《すす》ると校庭に目をやり、かつての遊山中の様子を語りはじめた。

「ひと頃は授業中にもかかわらず校内いたるところでシンナー遊びをやり、注意すらできない無法状態でした。校舎内外の施設《しせつ》の破壊《はかい》もひどく、どういうわけか、技術科室の重い機械などが畑に捨てられていたり、信じられないことが起こっていました。対教師暴力も半端《はんぱ》ではありません。世間ではほとんど知られていませんが、暴力を受けて骨折した先生が、二年間で十一名も出るという凄まじい状態でした。地元の私たちも協力しようとしましたが暴走族とのつながりが強く、校内だけではどうにもなりませんでした。

教育委員会は、こんな状況を立て直そうとT大出の優秀な教員を配置したのですが、これが全く逆効果で、口先三寸のこの男によって混乱に拍車がかかってしまいました。

　校区はもともと古い農家が多く、大きな団地もありますが比較的落ち着いた地域です。校内暴力の背景とは考えにくいと思います。真偽《しんぎ》のほどはわかりませんが、一部《いちぶ》の偏狭《へんきょう》な考《かんが》えをもつ教員が学校を崩壊《ほうかい》させる原因をつくったともいわれています。そのころから比べれば、今はよっぽどましになっていると思います」

　吉村さんはまっすぐ深山校長を見て言った。

「私、思うのですが、教師が善悪《ぜんあく》の観念《かんねん》に囚《とら》われすぎるのではないでしょうか。このもっともらしい道徳的価値観《どうとくてきかちかん》が生徒との対立を深め、悲劇をくり返しているように思えてなりません。『罪を犯した生徒』と決めつけられ、一方的に糾弾《きゅうだん》される。自分の心の真実には光が当てられないまま、不当なストレスを増大させる。そのくり返しにより、取り返しのつかない方向に追いやられてきた可能性があるのです。

　突っ張りたちの進路を追跡《ついせき》してみてください。その後、どんな人生をたどったのか。よかれと思った指導が一人の人間を不幸にしてきたとしたら、考えなければなりません。先生方にはその自覚が薄いのではないでしょうか」

　ご老人の厳しい言葉に驚いた深山校長は、

「大変重要な視点ですね。実は私もそのことを考えていたところです。おっしゃるように、教師が善悪の観念に囚われすぎると、反省を促し勇気づける発想が失われてしまいます。よい機会ですから校内研修会で吉村さんのお話をご紹介し、話し合ってみたいと思います。

今、先生方の間で二年生女子の森屋若葉さんという生徒が話題になっています。彼女は善悪《ぜんあく》の向こうに仲間たちの成長を予感し、堂々と行動する人物です。もちろん、善悪の視点《してん》は社会を支える上で大切なことですが、それは観念であって、生きて働く時間のなかでは絶対ではないのです。その意味で若葉さんの存在は考えるヒントを与えてくれます」

吉村さんの目が笑っている。

「校長先生、お若いのによくお考えですね。その生徒さん、若葉さんはどのようにしてそんな考えが身についたのでしょうか。私たちは欲望《よくぼう》と対立《たいりつ》の世界に住んでいます。そうでない世界にはめったに出会わないため、それが当たり前だと思い込んでいます。しかし、若葉さんは善悪《ぜんあく》の彼方《かなた》に人間の澄んだ世界をイメージできる人のようです。もしかしたらこんな状況の学校だからこそ、彼女のような人間が育ったのかも知れません。実は二十年前、私の息子も……」

と、言いかけたが、

「いやいや、やめておきましょう。失礼しました」

先日、校長室に飛び込んできた髭面《ひげづら》の大男が吉村さんの息子であることはもはや間違いなかった。

深山校長はにっこり笑って、

「私たちは常識の世界に住んでいます。波風を立てないことがよいことと思い込んでいます。周囲と違うことは極力避け、自分の色を出さないようにします。自分に不利益なことであっても耐え忍びます。それがよい生き方であるかのように。ところが多感な中学時代は激しい感情のエネルギーが暴走し、思いもよらぬことを起こします。

先日、そこから逃げずに立ち直ったと思われる卒業生が、田んぼのあぜ道で暴れている生徒からナイフを取り上げ、校長室まで届けてくれました。中学時代は本校の番長だったそうですが、過ぎ去った時間のなかから大切なメッセージをいただきました。彼を見ていると、悩みが深かったからこそ今の自分がある、そう言っているように感じました」

吉村さんはうれしそうに、

「校長先生、ありがとうございます。お恥ずかしいことですが、当時、友人の借金の連帯保証人になったばかりに三千万円という莫大《ばくだい》な借金を肩代わりさせられました。家族には筆舌に尽くせない苦労をかけてしまいました。今でも色々なことを考えさせられます。私は禅宗《ぜんしゅう》の僧侶《そうりょ》ですので、日々、禅《ぜん》の修練《しゅうれん》を欠かしませんが、先ほどの若葉さんの話で思い出したことがあります。禅の思想をフランスに広め、ヨーロッパにセンセーションを巻き起こした鈴木大拙《すずきだいせつ》先生の言葉です。『無心ということ』という著書の興味深い部分をご紹介します。

『われらは対立の世界にある。対立の世界におるから苦痛がある。対立の中におる限り、われらはどうしても自由がないのです。自由を得ることは、善悪などの値打ちのつけられる世界を超越してしまうことです』と言っています。

若葉さんがこのような難しい哲学を知っているとは思えませんが、よく符号が合っています。むしろ揺れ動く中学時代だからこそ、命の輝きが感受したかけがえのない世界であるのかも知れません。防御するものを持たない無垢《むく》な心が大人の世界にない澄んだ心の世界を引き寄せる。それは無意識のうちに彼女が求めている自由かも知れませんね。

息子のトラブルの際、勇気をもって無実を証言してくれた女性徒がいました。若葉さんを彷彿《ほうふつ》とさせる人物です。そのおかげで彼は立ち直ることができたのです」

吉村さんの穏やかな表情が崩れた。

「私たち教師は、生徒から受け取るものの方がはるかに大きいと思います。今日は認識を新たにしました」

人に学ぶことの奥深さをしみじみと感じるひと時だった。

凄《すご》みのある突っ張りたちも、暴力は振るっても教師を骨折させるような陰惨《いんさん》さはない。また、コミュニケーションがとれる教師も何人かいる。外から見ると無謀《むぼう》な校内暴力《こうないぼうりょく》の学校《がっこう》に見えるが、次第に明るさを増している。就任早々《しゅうにんそうそう》、あまりに事件が多く、地域のことを考える余裕はなかった。しかし、吉村さんの話は地域の人たちも様々な困難を共有してきたことを語っている。

「それじゃあ、またおうかがいします。深山校長先生、がんばってください」

「今日は、よいお話をうかがい、ありがとうございました。ぜひ、またおいでください。お待ちしています」

入れ替わるように、今度はＰＴＡ会長の青木葵《あおきあおい》さんがやってきた。

「深山校長先生、何とか軌道《きどう》に乗ってきましたね。このままいってくれるといいのですが。今日は二つお願いに来ました。一つは、ＰＴＡ便りの原稿依頼《げんこういらい》です。『本校に求められる教育』がテーマです。校内暴力の現状をどう克服していくか、遠慮《えんりょ》なさらないで思い切り書いてください」

「文字数は何文字ですか」

「Ｂ４判、一枚全部です」

「えっ、一枚、全部ですか」

「驚いたでしょう。色々と事情があるのです。深山校長先生の話をもっと聞きたい、という会員の皆様の声も上がっています」

深山校長は唖然《あぜん》とした。通常は広報部で枠組みを決め、原稿依頼するものだ。なぜ、校長一任なのか。書かれた記事が、いちいちやり玉にあがる厳しい現実があるのかも知れない。そんな理由から校長に全責任を負わせるのだろうか。ＰＴＡ内部の問題、地域や市民団体との関係もあるのかも知れない。理由を問うよりも、今、校長に求められる理念を発信しようと考えた。

「わかりました。お任せください。また、会員の皆様からの要望もぜひ教えてください。お待ちしています」

「ありがとうございます。期待していますよ。それともう一つ。ＰＴＡ講演会をどなたに依頼するかです。本校の保護者はいつも高い関心をもっています。昨年までは著名な大学教授をお招きして、それなりの反響も上がっています。でも、研究畑の教授が根拠《こんきょ》とする、データや傾向から割り出す結論だけでは、学校現場が抱える問題を打破するきっかけにはなりません。

今、求められているのは保護者のハートを鷲掴《わしづか》みにする熱い言葉です。深山校長先生、どなたかご存じの方はいませんか。ご助言をお願いします。また来ますから考えておいてくださいね」

先につなげていかなければならない課題の多い一日だった。

青雲山先生《せいうんざんせんせい》

吹奏楽部はいつも各教室に分かれてパートごとの練習を行っている。顧問《こもん》の鈴成先生《すずなりせんせい》と部員たちで曲目のイメージをよく話し合い、生き生きした音づくりに取り組んでいる。譜《ふ》面《めん》に忠実《ちゅうじつ》であることはもとより、作曲家の意図を想像力を働かせて読み取り、聴く人の心にロマンを湧きたたせることが目標だ。部員一人一人の自己実現を図る方策でもある。

若葉もトロンボーンを得意とする奏者であり、二年生のリーダーとして期待されている。

昨年は全国大会に出場して金賞に輝いているが、顧問だった青雲山五郎先生《せいうんざんごろうせんせい》が、この春、異動になっていた。カリスマ的な指導者を失った部員たちは途方《とほう》に暮《く》れた。しかし、鈴成先生もただ者ではない。先日、こんなことがあった。

昼休みの校長室から流れてくる音楽に誘われ、鈴成先生が入ってきた。

「すごい演奏ですね。ガンガン来ます。ベートーベンの交響曲第四番ですね。ただならぬ緊張感を生み出す驚異的《きょういてき》な演奏《えんそう》だ。これほどの音がラジカセから聞こえてくることも驚きです。指揮者はムラビンスキーじゃないですか」

校長室から聞こえてくる音楽には日ごろから好感を持っていたが、思わず引き込まれたのだ。

「鈴成先生、ようこそ。おっしゃる通りムラビンスキー指揮、レニングラードフィルです。一九七三年に、東京文化会館で聴きました。このCDは、そのときの実況録音です。以来、熱烈なムラビンスキーファンになりました」

「私もチャイコフスキーの六番をこの組み合わせで聴きましたが、ウイーンフィルでも、ベルリンフィルでも、こんな演奏をする指揮者は見当たりません。カラヤンもムラビンスキーの指揮に讃嘆《さんたん》のメッセージを贈っています。仲間が増えましたね。お話しするのが楽しみになりました」

鈴成先生の音楽的な感性は深山校長とよく響き合う。人間関係は音楽を語り合う方が深まるようだ。鈴成先生は青雲山先生の教え子で、今年の目標は東京都の大会で金賞をとることだ。

金曜日の夕方。無量が校長室の前を通ると中から視線を感じた。重厚な白髪のご老人の姿があった。深山校長は無量を呼んで紹介した。

「吹奏楽部を全国大会金賞に導かれた青雲山先生です。こちらは、今年、転任して来られた青山無量先生です」

「初めまして、青山無量です。よろしくお願いします」

青雲山先生は温かい笑顔で語りかけてきた。

「おお、無量先生、山村先生からお話を伺っています、遊山中を頼みますよ」

と、気さくに笑った。

「最初の職員会議のご発言、我々の仲間たちも感じたものがあるようです」

無量は彼が同和教育の大物であることはすぐにわかった。

「人を褒めることのない山村先生が顔をほころばせて語るなど、金輪際《こんりんざい》なかったことです。もしよろしかったら夏の研修会に参加しませんか」

「ありがとうございます。私はすべての人たちと等間隔《とうかんかく》でいたいと思います。あくまで一人の人間として自由に発言できるスタンスを保ちたいと考えています」

緊張で心臓の音が聴こえるようだ。

「そうですか。それはそれでよい。我々も本来は同じ考えです。差別や偏見をなくすための取り組みの根拠をどこに置くかは人それぞれでよいのです」

そのとき、廊下を大吾たちが通りかかった。青雲山先生を見るなり、

「あっ！　青雲山先生、お久しぶりです」

実にまっとうなあいさつをした。

無量はタバコ事件の際の大吾の態度を思い出して合点がいった。

青雲山先生は生活指導においてもかなりの影響力をもち、深い信頼関係ができていた。

だからこそ、トイレでかけた声にも反応があったのだ。無量は自分が恥ずかしくなった。

「大吾、しっかりやっているか。先生方はいつでも応援しているからな」

親しみあふれる声をかけだ。

「はい、ありがとうございます！　無量先生にはいつも元気をもらっています」

無量は、大吾の思いもよらない言葉に涙が出そうになった。

大吾の太い声をうんうんと受けとめる青雲山先生には父親のような親しさがある。

しかも、不思議な間合いで易々と人の心に入ってくる言葉は決して真実をそらさない。

ところが数日後。大吾は思いもよらぬ事件を引き起こした。

大吾の闘い

私鉄の極楽坂駅《ごくらくざかえき》を降りるとにぎやかな繁華街《はんかがい》が広がっている。坊主頭にモヒカンのそりを入れた大吾は、はち切れそうな学生服の第三ボタンまで外している。その精悍《せいかん》な姿は、街の人たちの驚きの目を集める。たった一人である。誰の目にも危険な勢いが感じられる。公園にさしかかると授業を抜け出した極中の突っ張りたちがたむろしていた。大吾の姿を見ると仰天《ぎょうてん》してわき目もふらずに走り去った。さっそく番長の福永《ふくなが》にご注進《ちゅうしん》である。にわかに緊張が高まる極中は四時間目であった。大吾は易々《やすやす》と正門を乗り越えた。誰もいない校庭に大木のように立った大吾。

その姿は雄大でおおらか。精悍《せいかん》なまなざしは鋭く職員室に向けられている。授業中にもかかわらず、校舎の窓からは多数の生徒が顔を出した。恐怖と好奇心で騒然《そうぜん》としている。

大吾は堂々と校庭の中央に出ると大声で叫んだ。

「福永！　出て来い！　遊山中の大吾だ！」

子分格のすばしこい突っ張り三人が飛んできた。近づくなりいきなり飛びかかった。一人は相手の動きを封じるように両ひざにタックル。一人は右から、一人は左から、執《しつ》拗《よう》に蹴り、殴り、大吾の学生服は破れた。

しかし、大吾は立ったまま不動明王《ふどうみょうおう》のように動じない。三人は恐怖に青ざめた。

今どき、こんな突っ張りがいるだろうか。

窓からどよめきの声が上がった。彼らは決して三人の味方ではない。日ごろから福永一派の暴力に怯《おび》え、泣《な》き寝入《ねい》りをしている生徒たちであったから。

校庭は一気に巨大な劇場と化した。

数名の教師たちがやってきた。大吾の様子を見て明らかに怯《おび》えている。

「何しに来た。授業中だぞ！　今、警察に電話したからな！」

「うるせえ。おめえたちに用はねえ。福永を出せ。極悪非道《ごくあくひどう》、卑怯者《ひきょうもの》の福永に話があるんだ。呼んで来い！」

全校の窓という窓から歓声があがった。

「ここは学校だぞ。突っ張り同士の闘争の場じゃない」

「ふ〜ん、そうかい。じゃあ、このゴミみてえな三人は何なんだ。日ごろ痛めつけられている奴らがいかに多いことか。窓からの声を聞けばわかるだろう。おめえたち教師は一体何をやっていたんだ！」

雷のような大声が校庭に響きわたった。

ここは一体どこなのか、誰もが錯覚を起こすような不思議な光景であった。

教師たちは黙ってしまった。番長福永はあまりの恐怖に裏口から逃げ去っていた。

間もなくサイレンとともにパトカーがやってきた。

大吾はすぐに警察官に両脇を抱えられ連行されていった。

学校というところは常に正義を盾にして動くところだ。それがどんなに薄っぺらなものであってもしがみつこうとする。困ったことに善悪の根拠も薄っぺらだ。その先の深い闇を洞察《どうさつ》しようとはしない。

大吾は小学校時代から味方になってくれる教師に出会わなかった。トラブルを起こすたびに不良、ワルとレッテルを貼られ、責められ、傷ついていった。なぜトラブルを起こしたのか、その発端《ほったん》からほぐしてやり、親身になって聞いてくれる教師がいたなら違った結果になっていたはずだ。大吾はそんな教師たちを許せなかった。

取り調べを受けた大吾は言い訳をしなかった。校庭で襲いかかってきた三人はおとがめなしだ。極中の福永は失地回復《しっちかいふく》のためにさらなる非道《ひどう》をくり返すだろう。しかしあの教師たちでは……。ふと、無量の顔が浮かんできた。

警察から深山校長に連絡が入ると、斎藤生活指導主任が引き取りに行った。

遊山中に戻ると、深山校長は大吾に対して筋道を通した指導を行った。話が終わると穏やかな表情になった。ざっくばらんに遅くまで語り合った。

こんなくり返しが大切なのだ。

逮捕された二人

テスト前一週間に入った。生徒のいない夕暮れ。校舎は静まり返っている。

深山校長が職員会議の議事を点検していると、校庭側のガラス窓が突然パアッと明るくなった。一瞬、火のついたホウキが校長室内を明るく照らして落ちていった。同じように職員室のガラス窓にも火のホウキが投げつけられた。驚いた先生方が窓下に駆けつけたが、すでに人影はなかった。火災が発生していれば人命にかかわる。直ちに生活指導部会が開かれ対応を検討した。

極楽坂中学校襲撃未遂事件をはじめ数々の事件が起こっているが、関係した生徒たちの様子から彼らが犯人であることは考えにくい。学校周辺をくまなく調べたが手掛かりはなく、警察に被害届を出すことになった。

数日後。入院中の大吾の父親から衝撃の電話が入った。

「校長先生、大変です。うちの大吾と鬼丸が警察に逮捕されました。警察の話では、二人が卒業生のワルに暴行を働いたらしいのです。私は入院中で動けません。対応とご指導をお願いできないでしょうか」

父親の言葉には大吾を思う気持ちが痛いほど感じられた。

「逮捕の理由が不明ですね。でもお父さん、私は彼を信じていますよ。任せてください」

父親は電話の向こうですすり泣いていた。

「学校を足蹴《あしげ》にするようなことばかりしてきた大吾に……。本当にありがとうございます。申し訳ありませんが、どうかよろしくお願いします」

「一刻も早く真実を明らかにし、釈放してもらえるよう努めたいと思います」

深山校長は逆に励まされたような気がした。

生活指導部で大吾たちと一緒に行動していた遠野亮から話を聞いた。校長も同席した。

亮はいつも悪事に加担しているが、その鋭い目の奥に澄んだ世界が潜んでいる。

「逮捕は絶対におかしいですよ。僕は一緒にいましたから、間違いありません。卒業生のワルは首藤《しゅどう》と武藤《むとう》です。俺たち、今まで何度も公園に呼び出されてぶん殴られ、そのたびに一万円もって来い、といわれました。従わないともっと酷《ひど》くやられました。こんなやつらがいる限り俺たちはいつも怯《おび》えていなければなりません。ところが今回は違いました。最近、大吾と鬼丸がのさばっている。『焼きを入れる』という話です。正直、あいつらでも大吾には手が出ません。そこで、首藤と鬼丸の対決になりました。

鬼丸も大吾の陰に隠れていますが相当に強い。あっという間に首藤を倒してしまいました。ところがもう一人の武藤の方は大吾といい勝負の体格で、さすがの鬼丸でも歯が立たず、ボコボコにされました。勝負は決しているのに一方的に蹴り続けるのです。大吾への『見せしめ』のつもりだったようです。あまりにも酷《こく》に蹴り続けるので、見守っていた大吾は堪忍袋《かんにんぶくろ》の尾《お》が切れて、蹴りを一発入れたら武藤はのびてしまったのです。俺たちはさっさと帰りました。仕掛けてきたのはあいつらで少なくとも対等ではなかった。それが逮捕されるなんて納得いきません」

遠野亮の目は真実を語っている。

それにしてもなぜ逮捕されたのだろうか。深山校長は不審に思い警察に電話を入れた。するとと、火のついたホウキ事件で対応したベテラン刑事が電話口に出た。

「ご迷惑をおかけして誠に申し訳ありません。二人がなぜ逮捕されたのか、理由を知りたいのですが」

ベテラン刑事は面倒くさそうに言った。

「詳しいことはお知らせできません。被害届が出ていますから」

「あの二人に確かに卒業生と対決させられましたが、それは向こうから仕掛けられたものです。鬼丸が執拗《しつよう》に蹴《け》り続《つづ》けられたため我慢《がまん》ならなくなった大吾が武藤を蹴ったようです。その場にいた本校の生徒が証言しています。よく調べてください。この逮捕はおかしいと思います」

「あんたら、いつもそう言うんですよ。普段の指導を棚に上げて、こんなときばかり庇《かば》い立てする。もし異議があるんだったら、あんたらも被害届を出したらどうですか。明日は家裁《かさい》送りになり、当分の間、出てこれませんからね」

指導の通らない学校が信頼されないのはある程度やむを得ないことなのかも知れない。しかし、ベテラン刑事の言動は逮捕された中学生への思いやりのかけらもなかった。

先生方も普段から脅威《きょうい》に感じている二人だけに半信半疑《はんしんはんぎ》だ。関係者が悶々《もんもん》とする数日後、家庭裁判所《かていさいばんしょ》の女性調査官《じょせいちょうさかん》から校長あてに電話が入った。

天使の声

「河内山大吾君と鬼丸真吾君のことで、校長先生にお聞きしたいことがあります。よろしいでしょうか」

雲間《くもま》から差してくる高貴な光だった。天使の声を聞くような瞬間でもあった。

「二人から事実関係を聞き取り中ですが、どうも彼らが嘘《うそ》をついているようには思えないのです。校長先生のお考えをお聞かせください」

深山校長は、はやる気持ちを抑えながら説明した。

「はい、一緒にいた遠野亮君の話を聞きましたが、二人は最近のさばっているということで卒業生に呼び出され、ケンカを仕掛けられたそうです。首藤君に勝った鬼丸君を武藤君が執拗《しつよう》に蹴り続けたため、我慢ならなくなった大吾君が武藤君を蹴ったようです」

「わかりました。もう一つ。火のついたホウキを校舎に向かって投げた件も疑いがかかっていますが、いかがでしょうか」

「それは絶対にありません。断言します。あの日の放課後は、テスト前で生徒はいませんでした。警察以外の外部の人には話していません。なぜ、彼らが知っていたのか疑問です。火のホウキ事件は、先生方と犯人、そして警察しか知らないことです。おそらく卒業生の彼らが犯人ではないでしょうか。警察にはお話ししたのですが、取り合ってもらえません。

今、遊山中は流れが変わり始めています。それは、中心人物の二人が大きく変わり始めているからです。ぜひ励ましていただきたいと思います」

「様子はわかりました。校長先生、今日はありがとうございました」

簡潔で美しい響きの言葉であった。

重く垂れこめていたものが一気に晴れていくような出来事だった。

もし、家裁調査官からの確認がなかったなら、不当な逮捕で強烈なストレスを抱え、学校に戻ってから大荒れになることは想像に難くない。

二日後、拘留《こうりゅう》されていた二人は釈放され、晴れ晴れした表情で校長室にやってきた。

「校長先生、おかげで疑いが晴れ、戻ってこれました。ありがとうございました！」

「よかったね。本当によかった。まだ終わったわけではないけれど、不当な疑いが晴れたことは何よりだ。聡明《そうめい》で深いやさしさをたたえた女性調査官の声は、私にとっても天使のような声に聞こえた。真実を知ってもらうことの喜びを感じたよ」

二人は拘留されていたときの様子をユーモアあふれるジェスチャーをまじえて話し、いつもの突っ張りの身構えはなかった。話が終わって廊下に出ると、相変わらずパンチや蹴りの応酬《おうしゅう》で雑然《ざつぜん》とした風景が広がっている。

大吾は大声で叫んだ。

「おーい！　お前たち！　校長先生に迷惑をかけるんじゃねえぞ！　わかったか！」

豪快な声が響いた。真剣なまなざしが一斉に大吾に向けられた。

長い間、悩み、苦しんできた生徒たちの再生へのエネルギーは潮が満ちるように静かに広がりはじめている。流れが変わる転機となる出来事であった。

根深い校内暴力の学校には過去の様々な未解決の問題が地雷原のように埋まっている。

深山校長は警察とのやりとりから信じ難い事実を知った。被害届を出した卒業生の背後には、かつて遊山中に勤務していた女性教師がいたのである。在職中に救いようのない事件が起こっていた可能性がある。しかも、学校は女性教師を守る対応ができなかったのではないか。その見境のない姿を思うとき、最終責任者の校長の判断に大きな過失があったのかも知れない。そう考えると哀しくなった。

さっそく、逮捕事件《たいほじけん》の噂《うわさ》を聞きつけてM市会議員がやってきた。職員室に入ると顔を真っ赤にして強い口調で校長に迫った。しかし、深山校長はいつもと違っていた。毅然とした態度で堂々と対応した。歯切れのよい校長の言葉はその場にいた先生方を納得させた。

別れと出会いあり

何か良いことがあると元禄に足が向く。

親しい仲間たちの声を聞くことができるからだ。

はやる気持ちを抑えながら到着すると、なぜか、みんな黒い服を着ていた。

「何かあったんですか」

マスターが応えた。

「お父ちゃんが急に亡くなっちゃって、みんなでお通夜《つや》に行ってきたところです」

自分で釣った魚をみんなに振舞《ふるま》って喜んでいたあのお父ちゃんだ。無量は愕然《がくぜん》とした。

同時に、飲み仲間を見送る元禄の人たちの姿が心にしみる。

「僕も知り合ったばかりでこれからだったのに残念です。ご冥福をお祈りします」

髪の毛も髭も真っ白い、背の高い紳士、流教授が立ち上がった。

「残念で仕方ありませんな。私、流紋次郎一人に応援団長の重責がのしかかってきます。皆さん！　ここでもう一度、お通夜をやろうではないか。お父ちゃんを明るく送ってやろう。それが何よりの供養になる」

お父ちゃんへの思いは尽きないが、やはり飲みながら語り合う方が元禄仲間には合っているようだ。

流紋次郎教授は新世界大学（通信制）の教授である。教員養成課程の講座を担当する重鎮《じゅうちん》で、教育への哲学的な洞察と軽妙でユーモラスな話法により、学生たちから人気がある人物である。押切さんがこれを受けて言った。

「二度目の脳出血だった。あの頑固《がんこ》でたどたどしい、しかし温かいお父ちゃんの声ももう聞けないね。みんなも他人事じゃあないぞ。長谷川（弟）、お前、飲みすぎだよ。早くお父ちゃんのところに行ってやんな。飲み仲間がいれば向こうの世界でも寂しくないからな。島崎《しまざき》、甲子園で活躍した選手もそこまで太ったら心臓がもたないよ。仲間が増えそうだな」

すると長谷川（弟）さんが言った。

「押切さんに言われたかあないね。俺よりずっと飲んべえのくせに」

爆笑が起こった。

「長谷川（弟）の言う通りだね。ごめんな。私もアルチューで同じ運命だな。マスター、あの世に行っても元禄を頼むよ。頼りにしているからね」

押切さんらしくない、寂しい言葉だった。

マスターも二年前に胃がんの手術をしている。

「任しといて。元禄仲間が入れるくらいの小さなお店で待っているからね」

流教授が不遜《ふそん》な表情《ひょうじょう》で言った。

「おいおい、変な流れになりましたな。みんなまだ若い。私のようなじじいからすると、まだまだガキですよ。あの世の話をするのはずっと先でよい。遊び心から始まった仲間だ。ネガティブ思考はいけません。人間、死があるから生がある。おおらかに、ポジティブに生きることが元禄仲間の真骨頂《しんこっちょう》だ。さあ、元気出して、押切さん！」

思わず納得した押切さんは恥ずかしそうに頭をかいた。場の雰囲気を和ませるように、おおらかな拍手を送りながら、

「流大先生《ながれだいせんせい》の言う通りだ。ちょっとしんみりしちゃったね。さあ、乾杯の音頭を無量先生にお願いしよう」

無量はみんなの思いを受けとめながら言った。

「それでは、お父ちゃんのご冥福を祈り、また元禄仲間の健康を祈って、乾杯！」

あっという間に本来の元禄に戻った。

無量は、ふと、店の片隅で飲んでいる人物の横顔を見て驚いた。藤井哲史《ふじいてつし》の父《ちち》、哲也《てつや》だ。無量のことは気づいているはずだ。

気まずい雰囲気が漂ったが思い切って声をかけた。

「哲史君のお父さんじゃありませんか」

顔を半分無量に向けて、

「先生、先日はご迷惑をおかけしました。お恥ずかしい次第です」

「お忙しいなか、本当にありがとうございました」

思いのほか素直なやり取りができ、無量はほっとした。

「さきほどからの無量先生と元禄の皆さんの様子を見ていて、なぜか救われたような気がしていました。いい仲間ですね。これからもここに来る理由ができました。哲史のことですが、あれからずっと学校を休んでいます。いろんなことが起こり、抱えきれなくなったようです。自分の部屋に閉じこもっています。私はあの折、深山校長先生に言われたことが頭を離れません。『妖《あや》しげな反発心《はんぱつしん》が生きる動機になっているとしたら……』という言葉は、時間が経つにつれ、次第に重くのしかかっています」

傲慢《ごうまん》だった藤井さんの態度には怒りを感じた無量だったが、今、目の前にいる藤井さんこそ、本来の藤井さんに違いない、そう思った。

「お気持ち、お察しします。私は大人が力みを捨てることが必要ではないかと思います。何気ない一言こそ大切です。おそらく進路のことで悩んでいるのに学校には足が向かないのでしょう。哲史君を一流塾経営者《いちりゅうじゅくけいえいしゃ》の御子息という縛《しば》りから解放してやってください。それは藤井さんご自身を解放することにもなるのではないでしょうか。理屈で追いつめるより、大きな感情で包みこんでやることが大切です。そして、そっと背中を押してやることです。あっ、生意気なこと言ってすみません」

　藤井さんは学校に来た時とは別人のようで、おおらかに豪快に笑った。

「おっしゃる通りです。私も意地を張っていたのかも知れません。こんなリラックスした場でお話しできると見えてくるものがある。哲史に対する暴言も哲史のためを思って言ったつもりですが、いつしかエスカレートしてしまった」

　酒は二人の垣根をなくし、おだやかな雰囲気の中に溶け込んでいった。

「深山校長先生や無量先生に出会わなければあのままだったと思います。哲史を見ていて、つくづく自分の愚かさがわかりました。遊山中には何人か桁違《けたちが》いの突っ張りがいますが、私も一種の突っ張りだったようですね。大きな塾組織の頂点に立ち、いい気になっていたのかも知れません。傲慢《ごうまん》な判断が事態を一層悪化させてしまった。ああ、こんな話をしているのになぜか楽しい。無量先生、ありがとう。今夜はとことん飲みましょう」

　無量の笑顔を受けとめて、藤井さんはさらに続けた。

「ふり返ると、長女や次男に対しても同じことをやってきた。あの二人は結果を出すことで褒《ほ》められたが、哲史は全部落ちてしまい、絶望のどん底に突き落とされた。しかも私は過酷な追い打ちをかけてしまった。今は後悔しています。まだ遅くない。私が覚悟をもって臨めばやり直せると思います」

きっぱり言い切った。無量は学習塾の最先端に立つリーダーの姿を見た思いがした。彼は塾経営の難しさと可能性を語り始めると、さらにボルテージが上がった。無駄のない、パンチの利いた話法は無量の心を弾ませた。さらに妻とのいさかいが哲史の混乱の一因であることなど、思いのままに語った。酒は、海のように二人をやさしくしてくれた。

心障学級（平成十四年から特別支援学級となる）の子たち

遊山中では心障学級に重度の生徒が在籍し、本来は心障学級クラスの生徒が通常学級に入っている。それは保護者の願いであるとともに、差別や偏見をなくすための教育本来の取り組みでもある。

重度の子たちはどうしても手がかかる。その割には配置される教員数が少ない。先生方にとっては過重な負担となる。ここ数年、重度の生徒の数が増えている遊山中だ。このままでは先生方の健康を維持していくことが困難と考えた深山校長は、市教育委員会を通して東京都教育委員会に指導時数の増加を申請した。こういったことはまず通らないのがこの世界の常識である。しかし、視察《しさつ》に来られた担当者の尽力により、わずかな時間ではあったが措置してもらえた。先生方の負担を解消するほどではないが、思いが伝わり勇気づけられた。そんなある日、恐ろしいことが起こった。

K君は言葉を話すことはできないが、いつもにこにこしている。運動神経がよく足が速い。ある日、教室を飛び出したK君は街に向かって走り出した。先生方が追いかけたが、K君の足は速く見失ってしまった。授業の空いている先生方が駆けつけて一緒に捜したが見つからなかった。K君は高いところに上るのが好きで、数年前、三メートルの高さの木から落ちて瀕死《ひんし》の重傷を負っている。先生方は焦った。

三十分ほど過ぎて、JRの遊山駅駅長から電話が入った。K君が線路内に立ち入り、電車と衝突寸前《しょうとつすんぜん》に通りがかりの女性が飛び込んで助けてくれたそうだ。

無事でよかった。深山校長は直ちに主任の井上先生とともにJRの駅長室に向かった。駅長さんは意外にもにこやかに迎えてくれた。深山校長は丁重に謝罪した。本来なら莫大《ばくだい》な金額を請求されても仕方のないところだが、始末書で許してくれた。駅長さんのK君を見る目が穏やかで温かい。K君はニコニコ笑っている。井上先生はK君を抱きしめると、手をつないで学校に戻っていった。

駅長さんの話では、助けてくれたのは近くに住む中年の女性であった。

「危機一髪でした。K君は電車が好きなようで、笑いながら電車に向かって両手を広げ、線路の真ん中に立っていました。すぐに線路外に出るものと思ったのですが、動こうとする気配はありません。もう間に合わない。私はとっさに飛び込んでK君を抱きかかえ、線《せん》路外《ろがい》に逃れました」

駅長さんは感動の思いを語った。

「幸い、乗客の皆さんにけが人は出ませんでした。運転士の話では、救助の様子を見ていた乗客の皆さんが彼女の勇気に対して温かい拍手を贈ったそうです。長い間、この仕事を続けてきてこんな感動は初めてです。思わず涙が湧いてきました。

この女性は名前も告げずに帰ってしまわれたので報告書に書くことができず、困っていたところです。彼女は、『自分にも同じ年齢の中学生がいるので他人ごとではなかった』と言っています。私はこんな人が身近な地域に住んでいらっしゃることを誇りに思います。でも、二度とないよう徹底してくださいね」

日ごろからよく生徒を観察し、細心の注意を払い、見事な協力態勢のもとに進めている先生方だ。それでもこんなことが起こる。放課後の話し合いは遅くまでかかった。深山校長は過労状態の先生方に改めて感謝の意を伝えた。

助けてくれたのは中学生の子どもがいる女性だ。ということは、遊山中の保護者の可能性が高い。この女性の命がけの行動は遊山中の先生方に衝撃を与えた。

それにしても、もし彼女が通らなかったら、と思うと慄然《りつぜん》とする出来事であった。

奈良公園では

夕方になって心障学級の村井先生《むらいせんせい》が校長室にやってきた。

「校長先生、大事な相談があります。今、よろしいでしょうか」

「村井先生、いつも朝清掃をありがとうございます。何かありましたか」

「修学旅行に水頭症《すいとうしょう》の水城純子《みずきじゅんこ》さんをぜひ参加させたい、と保護者からお話がありました。ところが難しい条件が出されました。彼女は足が不自由で車椅子《くるまいす》を使用していますが、引率そのものは何とかなると思います。しかし、途中で発熱したら直ちに病院に行って開頭手術《かいとうしゅじゅつ》を行ってほしい、というものでした。重い依頼です。保護者がいない状態で手術することも問題です。これでは引き受けられないと判断し、引率は難しい旨、お伝えしました。


こんな大事なことを校長先生に相談もせず申し訳ありません。ところが翌日、人権団体が教育委員会に抗議に来て、担当者は半日、仕事にならなかったそうです。校長先生、どういたしましょうか」


人権団体と争ってもよいことはない。何よりも本人が修学旅行を楽しみにしている。その気持ちを考えると連れて行かないという選択肢《せんたくし》は見つからなかった。

「わかりました。修学旅行中は私も一緒に水城さんにつきましょう。彼女はとても気さくな性格ですから、きっとうまくいくと思います。よい思い出になるよう協力しましょう。万が一のときには保護者の方に現地に来てもらうよう確認します」

保護者も了解し、事前の問題は何とか解決できた。村井先生をはじめ心障学級の先生方は胸をなでおろした。

障害をもつ子たちは様々なストレスを抱えている。自分をはっきり表現できないことも一因となる。水城純子さんにはそんな仲間の気持ちを察し、機転の利いたユーモラスな声をかける温かさがあり、頼りになる存在だった。

六月九日、修学旅行は天候に恵まれ、思いのほか順調に日程を消化することができた。心障学級からの参加者は五名。近鉄、奈良駅で降りると二手に分かれ、四名は井出先生と山本先生《やまもとせんせい》に引率されて先に興福寺の見学を行い、大仏殿で合流する予定である。危惧《きぐ》された水城さんの健康状態も問題なく経過した。大変だったのは近鉄奈良駅の急な長い階段である。体重五十三キロの水城さんを負ぶって上がった村井先生には、つらい出来事だった。線の細い先生は、「正直、死にそうでした」と、後日談である。

行動中、深山校長が怒りを感じることがあった。それは奈良公園を往来する人の目つきである。ある中年女性の車椅子の子を見るまなざしが、忌《い》まわしいものを見るように突《つ》き刺《さ》さった。また、土産物屋《みやげものや》でも女性店員に恐ろしい目つきで睨《にら》みつけられた。

「早く出ろ、早く出ろ。他の客の邪魔《じゃま》だ。お前がいると客が来ない」

という、あからさまな目つきだ。誰よりも敏感に感じたのは水城さんだ。

表情には出さないが、ショックを受けていることはすぐにわかった。

深山校長は村井先生と目で合図を交わして店を出た。差別や偏見の現実は学校で考えている以上に厳しい。

暗澹《あんたん》たる思いで奈良公園を歩いていると、後方から、

「お〜い！　水城さん！」

と大声で呼ぶ声が聞こえてきた。

班行動中の六人のグループで理沙《りさ》と亮の姿があった。

陽気なエネルギーを振りまきながら春風のようにやってくる。

追いつくと亮が車椅子を手変わりした。理沙が言った。

「大仏殿まで行くんでしょう。一緒に行きましょう！」

活気あふれる仲間たちは屈託のない笑顔で三人を包み込んだ。

水城さんはうれしそうに笑った。

心障学級の仲間なら、いきなり冗談が出て笑いを誘うところだ。

しかし彼女は静かに控えめな、美しい表情を見せた。

風の匂いが心地よい。

村田兆治と勝負！

学級経営も少しずつ軌道に乗りはじめたある日。無量は道徳の時間にプロ野球の伝説の名投手、村田兆治《むらたちょうじ》選手が御蔵島にやって来たときの出来事を話した。

「当時、中学生は十四名、小学生は三十三名です。みんな素直で感情が豊かです。好奇心も旺盛で私たち教師は授業に出るのが楽しみでした。彼らは父親と船で漁に出たり、山仕事や家事を手伝っていました。大自然のなかで親子が力を合わせて生きるから絆《きずな》が深まり、よく働く子が育ちます。先生方は若い人が多くパワフルですが、彼らと一緒に清掃するとき、無駄なく効率よく動く姿には驚かされます。

海は冒険の宝庫です。桟橋で釣りをしたり、泳いだり、スキンダイビングにも出かけました。村人総出で行う回《まわ》し網漁《あみりょう》では、壮大な海の行事の感動を体験することができました。観光教師という批判を受けないように控えめの行動を心掛けましたが、神秘的な海底散歩や野生のイルカと一緒に泳いだ感動を忘れることはできません。

そんなある日、二人の生徒が、『野球部をつくってください』と言ってきました。私の判断では決められないので、さっそく校長先生に相談すると、『勤務に支障がない範囲でなら指導してもよい』ということになりました。

男子五名、女子二名の野球部活動が始まったのです。まずは、投げる・捕る・打つ、の基本をしっかり身につけて先生方と試合をすることが目標です。私はキャッチボールやバットの振り方からしっかり教えました。初めて野球をやる子もいましたが、のみ込みが早く、ぐんぐん上手になりました。なかでも、則子《のりこ》さんは男子の投げる速球をライナーで弾《はじ》き返すなど、著しい上達ぶりで周囲を驚かせました。

ある日、役場の椛沢《かばさわ》さんがニコニコしながら校長室にやってきました。

『校長先生、元プロ野球の名投手、村田兆治さんが来島して野球の指導をしてくださることになりました。野球部も誕生したことだし、絶好のタイミングですよ』

驚きのニュースでした。校長先生からこの話を聞いた私は、あのジャイアンツの原辰徳選手が、村田兆治選手の投げるフォークボールに全く手が出なかったという話を思い出しました。『球が完全に消えた。とんでもない世界に入ってしまった』というコメントを残しています。私たちは伝説のフォークボールをこの目で見ることができる！　そんな期待《きたい》が膨《ふく》らんだのです。ＮＨＫの『サンデースポーツ』の取材も決まり、島中が盛り上がりました」

みんな聞き入っている。

「いよいよ当日。黒潮の洋上をヘリコプターがやってきました。窓からはプロレスラーのような太い腕が見え、それが兆治さんであることはすぐわかりました。降りてくるなり、出迎えの中学生たちに気楽に声をかけ、笑顔とともに仲よしになったのです。

練習の場所は島で唯一の平地である校庭です。全児童・生徒が生き生きと練習に参加しました。こんな夢のような環境で伝説の名投手村田兆治さんの手ほどきを受けるのです。青い空、さらに青い海。断崖絶壁の上にあるヘリポート、白い校舎。真っ白い運動着の子どもたちが校庭いっぱいに広がって行きます」

好奇心あふれる彼らの目が輝きを増した。

「いいなあ。俺たちもやってみたいな」

声を上げたのは慎二だった。

「さて、島の人たちの注目の的は、『兆治に挑戦コーナー』です。兆治さんが投げる球に挑戦できるのです。驚いたのはその球速です。いまだに一四〇キロは出ているそうです。伝説《でんせつ》の魔球《まきゅう》、フォークボールを完成させたときの苦労談《くろうだん》も聞くことができました。

いよいよ村田兆治に挑戦です。甲子園の出場経験をもつ建設会社の若者や腕に覚えのある大人たちがバッターボックスに入りました。しかし速いだけでなく、球の伸びが尋常《じんじょう》ではありません。振っても、振っても、カスリもしません。そして、プロ野球界を震撼《しんかん》とさせたフォークボールを投げるときには、手首を下に振って合図してくれました。鋭く直角に近いフォークボールを目の当たりにして、歓声が上がりました。

村の人たちも総出で応援に来られました。シャイなおじいちゃんは校庭の塀の外から、おばあちゃんは堂々と塀《へい》の内側に陣取《じんど》り、まるで運動会のように大盛り上がりです。

途中から気づいたことですが、兆治さんは相手が誰であっても決して手加減ということをしません。野球部のメンバーをはじめ、先生方も挑戦しましたが、当てることさえできません。いよいよ則子さんの番です。

兆治さんは、にっこり笑って投球動作に入りました。私はちょっと心配になりました。一球目は剛速球《ごうそっきゅう》で見送《みおく》りストライク。二球目も真ん中の剛速球で手が出ません。あっという間にツーストライクです。みんなため息をつきました。もう絶体絶命《ぜったいぜつめい》だ。わずか三球で終わってしまうのだろうか。同情に似た感情で見守っていました。そして、第三球目も剛速球の真ん中でした。則子さんは、顔を真っ赤にして教えられた通りに腰からの回転でフルスイングしたのです。それは最高のタイミングでジャストミートしました。打球は弾丸《だんがん》ライナーでセンターを越え、塀を越え、青い海に消えて行きました。夢のような劇的《げきてき》な大ホームランです。こんな奇跡的な結末《けつまつ》を誰が想像したでしょう。

一瞬の静寂《せいじゃく》の後に大歓声が沸き起こりました。おばあちゃんたちが涙を流して拍手する姿を忘れられません。この様子はＮＨＫのサンデースポーツで放映されました。カメラ画像も則子さんのホームランの瞬間を感動的に捉え、草野アナウンサーの心温まるコメントがさらに感動を深めました。島の歴史に残る一ページだったと思います。

御蔵島では赤ちゃんが生まれると、島の人みんなで自分の子のことのように喜びます。育つ過程では誰もが自分の子のように厳しく叱り、温かい目で育てるのです。そんな背景もあり、則子さんのホームランは私たちが考える以上に大きな感動となったのです。

皆さんは、『兆治に挑戦！』の話をどう感じたでしょうか。感想を聞かせてください」

慎二が笑顔で手を挙げた。

「俺は都会に飽き飽きしているから御蔵島には最初からすごく興味をもった。始業式の日の学活で海辺の急な坂道を一〇〇メートルも上がってくる波の勢いを最高の気分で聞いていたんだ。ごちゃごちゃとつまらないことにこだわる都会の生活を吹っ飛ばすような豪快さがあった。巨木の森で木がささやいているという話では、不思議な森の気配を感じた。それとイルカの話はすごく感動した。世界的にもイルカが棲みつくのは珍しいと言ってたけど、御蔵島の人たちが元《はじめ》さんのような優しさを持っているからこそ棲《す》みついたに違いない。俺はそう思った。いつかは行ってみようと決めている。巨木の森で静かに座ってみたい。手加減をしない村田兆治さんから本物のホームランを打った則子さんは、感動という言葉でも表現できないくらいの衝撃だった。話が進むにつれ、もしかしたら則子さんが兆治さんの剛速球をかっ飛ばすのではないかとワクワクした。真っ赤な顔で立ち向かった則子さんに拍手を送りたい。おそらく兆治さんにとっても驚きの出来事だったと思う」

慎二の感想は教室に活気をもたらした。

つつましやかな表情の若葉が言った。

「慎二君の豪快なコメント、会心のホームランです。御蔵島を知らない私たちでしたが、鮮やかなイメージが湧いてきました。慎二君も兆治さんに挑戦したかったのだと思います。そして、則子さんのホームランには村の人みんなの願いがこもっていたように思います。心温かい島、御蔵島を想像することは冒険であり、ロマンであり、私たちの成長を刺激してくれます。

二組の仲間にも御蔵島のような神秘的な魅力が潜んでいると私は思います。御蔵島に対抗して、『二組の森』って名付けてみたいな。私たちも生き生きした森をつくるのです」

小川《おがわ》フナが力強く発言した。

「私も、則子さんのホームラン、すごく感動しました。都会のような騒音ではなく、風や海の音、そして巨樹たちのささやきを聞きながら育ってきた則子さんの集中力を感じます。いつも態度の悪い慎二君ですが、慎二君にも則子さんのような感性があったからこそ共鳴したのだと思います。そして若葉さんの『二組の森』の提案には私も賛成です」

無量は彼らが成長の手がかりをつかみ始めていると実感した。

「今回は、野球指導で来られた村田兆治さんとの感動の出来事をお話ししました。次回は御蔵島の戦慄《せんりつ》すべき伝説、『七人塚』をご紹介します。期待してください」

追伸、御蔵島からの手紙

十数年経ったある日。無量は当時御蔵島でお世話になった事務主査の栗本一郎《くりもといちろう》先生に手紙を書いたところ、心に残る返信があった。ここに紹介しておきたい。

「則子さんは御蔵島保育園園長を十年続けて昨年結婚退職し、五月に警視庁警察官である彼が迎えに来て定期船　橘　丸《たちばなまる》で島を離れました。その時、島の若者たちが素晴らしい旅立ちを演出してくれました。海岸には島中から集めた大漁旗を掲げ、船客待合所の放送では、則子さんへの感謝の言葉と幸せを願うメッセージが流されました。プライベートなことと文句を言う人は、ここにはおりません。たくさんの紙テープが桟橋の島人と二人を結んで船が走り出したそのとき、今度は同級生の広瀬《ひろせ》正一《まさかず》君（当時野球部キャプテン）をはじめとした数隻の船が大漁旗をはためかせて伴走を始めました。ここで橘丸の船長が気づいたらしく、祝福の長い汽笛を響かせてくれました。送る人、送られる人、双方に感動を与える出来事でした。

御蔵は最近若い人たちが増え、世代交代が進んでいます。中学校卒業とともに島を出て行った者たちの七割近くが、何らかの仕事で島に帰ってきています。結果として出生数も増えて保育園は賑やか。まもなく学校も児童生徒数が現在の三十名から倍増すると思われます。この原因は、言うまでもなくイルカウォッチングで多くの観光客が来るからです。しかし、正一《まさかず》君ら数人は漁業に力を入れ、それだけでも生活できる収入を上げています。もちろん豊洲《とよす》へ出荷するので魚種は価格の良いキハダマグロやシマアジなどです。五、六百万円水揚げする者もおり、神経を使うイルカウォッチングよりいい、という青年までいます。私もチャレンジしていますが、シマアジやキンメダイはともかく、キハダは体力勝負なのでもうかないません。

新型コロナには悩まされましたが、七月からようやく観光客の受け入れが始まりそうです。しかし、静かな島を久しぶりに味わい、行きすぎた観光地にしたくないと、改めて感

じています」（以下略）
その後の則子さんの活躍や、新たな漁を立ち上げた正一《まさかず》君たちの動向が生き生きと伝わってきた。無量は、ふと、港の片隅にひっそりと立つ、朽ちはてた魚船を思い出した。当時の若者たちが夢をもって始めた定置網漁だったが激流に阻《はば》まれていたようだ。
中学生たちが薫陶《くんとう》を受けた先輩たちには、八〇キロもある玉石を御山《おやま》（八五一メートル）の頂上まで担ぎ上げた豪傑、強《つよし》さんや、山から切り出した木だけで船をつくり上げるという伝説をもつ敬久《たかひさ》さん、大山名人の将棋盤《しょうぎばん》をつくった正一《しょういち》さんたちがいた。先輩たちの心意気は受け継がれている。そして、ご高齢の一郎先生は漁に出るだけでなく、いまだに急峻《きゅうしゅん》な御山《おやま》に登り観光客と感動をともにされている。そこには、巨樹の森や黒潮のロマンとともに生きる人間の思いが深く息づいている。

罪滅《つみほろ》ぼしのペンキ塗り

一学期も終わりに近づいた日曜日。松山教頭の発案で廊下の壁のいたずら書きを塗り直すことになった。全校生徒に呼びかけて自主的な参加を促し、教職員も一緒に取り組む計画である。突っ張りたちが来るだろうかと心配した深山校長であったが、松山教頭は不思議なほど澄んだ表情であった。当日は三十名もの生徒が集まった。さらに保護者や地域の人を合わせると五十名ほどになった。こんな取り組みは清々しい。

いたずら書きをした者たちにとっては照れ臭い作業現場である。早速、五缶のペンキを用意した松山教頭に、まず廊下に新聞紙を敷き、テープで押さえて壁以外を汚《よご》さぬようにした。次に一階の壁の汚《よご》れ落としだ。

「お前、適当だなあ。もっと気持ちを込めてゴシゴシこすれよ」

「うるせえ！　俺は俺のペースでやるんだ。余計なこと言うな」

親子の会話にも活気がある。

「日ごろの悪事の罪滅ぼしだ。みんなしっかりやってよ！」

ＰＴＡ会長の青木さんは声が大きい。

「あんた、元気がないねえ。いつもの突っ張りの勢いはどこいったの」

「俺は壊すのは得意だけど、つくるのは苦手なんだ。こういうことは母親に似るもんだ」

「うるさいよ。人のせいにするもんじゃあないよ」

汚れ落としが終わると、次はペンキ塗りだ。これは楽しい作業で俄然《がぜん》元気が出てきた。心配してやってきた父親たちも杞憂《きゆう》に終わった。作業が進むにつれて親子の会話も進み、活気が漂っている。最初は不器用にやっていた者も、慣れてくるとピッチが上がる。

全ての作業が終わると松山教頭があいさつした。

「みなさん、今日はありがとうございました。たまには親子が一緒に作業するのも悪くないでしょう。自分で塗りなおした壁に、いたずら書きするバカはいないと思います。

今日は画期的な一日になりました。大切な一歩になったと思います。今後の遊山中は、皆さん一人一人の手にかかっています。しっかり頼みますよ。お互いに感謝の気持ちをこめて、十締《とじ》めで景気よく締《し》めましょう。

さあ、元気よくいきましょう！　よう〜　チャチャチャ　チャチャチャ　チャチャチャチャン　チャチャチャ　チャチャチャ　チャン　チャチャチャチャチャ　チャチャチャチャ　チャン　よく締まりました！　保護者の皆様、地域の皆様、生徒の皆さん、先生方、今日は本当にありがとうございました」

無量は初めて教頭に出会ったとき、あまりリーダーシップが感じられないな、と思ったことが恥ずかしくなった。松山教頭も事あるごとに彼らに声をかけ、心をつかんでいたのである。声をかけることが活気を誘発し、新しい世界を引き寄せる。

遅れて駆けつけた森屋棟梁が大きな声で言った。

「篠原《しのはら》先生、曲がっていた腰が治ったぜ。ペンキ塗りがいいストレッチになったようだな。これからはどんどん学校を直してくれよ。深山校長！　おめえ、見かけによらず器用にやるじゃんか。口だけじゃあなかったな。おい！　大吾！　いたのかよ。あまり静かだからわからなかったぜ」

口が悪く独特の冗句《じょうく》は絶好調《ぜっこうちょう》だ。突っ張りたちも素直に耳を傾ける。

「あのなあ、みんなよく聞けよ。朝早くから深山校長が学校に来て、玄関から三階までの廊下を掃除しているのを知っているだろう。この間、よその学校に殴り込みに行こうして、とっ捕まった奴らが、どうしたわけか朝早く来て掃除をしたって聞いたけど、なあ、おめえたち、掃除をしなくて済むように土足で上がらないようにしろよ」

皆、うんうん、とうなずいた。森屋棟梁の一言が効いたためか、土足で上がる者は減っていった。それにともない清掃活動も今まではよりはましになった。

具体的で飾らない言葉。ユーモラスで人情味にあふれる棟梁の言葉がよく心に届く。こんな人を学級担任にしたら学校は変わる。深山校長はＰＴＡ講演会の講師にメッセージ性の高い森屋棟梁が適任であると考えた。

保護者会の風

保護者会当日。深山校長はここで発生した事件ついて詳細に説明した。

問題点を明らかにし、学校としてどう対応したかを力強く語り、明るい方向に進みつつある現状を共有できるよう努力した。

「先生方の熱意ある取り組みと保護者の皆様の深いご理解のおかげで深刻《しんこく》な状態《じょうたい》は脱しつつあります。今が大事なときだと思います。学校は隠しているというメディアの話を耳にしますが、今日は隠さずご報告したつもりです。状況を変えていくためには事実をしっかりつかみ、一人一人の心の真実を受けとめることが何より重要です。

学校というところは、問題が発生すると犯人捜しを行い、その非を厳しく追及します。そして謝罪させます。一つの決着の方法ではあると思います。しかし、一定の指導があっても、謝罪する生徒の心の底にあるものを受けとめない限り、またトラブルを起こします。親身になって考え、固くなった心を温かくほぐしてやるのです。

薄っぺらな正義や常識的な善悪の理屈だけでは、彼らの心を推し量《お はか》ることなどできません。誰もが失敗します。失敗をくり返して成長するのです。一緒に考え、励ますことで生きる自信を目覚めさせ、成長へのエネルギーに点火させるのです。

評論家や識者は、学校を立て直すために組織で対応することや教職員間の共通理解が重要だと言います。その通りだと思います。しかし、学校が混乱の真っただ中にあるときにはおよそ無力です。

『授業中に騒がしい生徒を許さず、しっかり注意しよう』

と、共通理解しても、

『うるせえ！　てめえは引っ込んでろ！』

と、凄まれたら、もうそこで止まってしまいます。解決はより難しくなってきます。どのようなケースにも事の発端《ほったん》があります。それが小学校のころの出来事の場合もあれば、中学校に入ってからの場合もあります。私はより小さなときに重要な段階があると感じています。最初のところでしっかり『指導しきる』ことが大切です。子どもの心を推し量《お はか》り、温かさと厳しさをもって助言を惜しまないことです。

私は四月に本校に着任しました。これまで多くの先生方が懸命に取り組まれて出来なかったことが、私にできるなどとは思っておりません。しかし、校内暴力をなくすには何が大切なのか、私なりに考えました。力に対して力では決して解決しません。例えば大吾君にかなう先生がおりますでしょうか。ふふふ。無理ですね。

無量先生が赴任して早々、男子トイレからタバコの煙が出ているのを見て、勇気をもってドアを開けたのです。そこには大吾君をはじめ、突っ張り君たちがタバコを吸っていました。おそらく厳しく注意したら何倍もの力で反発されたでしょう。無量先生は、『中学時代からタバコを吸っていると、がんになる割合はどれくらいになるか知っているかな』と、質問しました。意表を突かれた彼らは思わず考えてしまいました。ユーモラスな展開ですね。そこから無量先生と彼らの新たな関係が始まったのです。声をかけることは教師として当たり前のことです。その当たり前のことが重要です。先ほどご報告させていただいた大きなトラブルも、この一点から解決の光が見えてきたものと考えます。

重要なことは、子どもたちが置かれている心理的環境《しんりてきかんきょう》を共感性《きょうかんせい》をもって理解《りかい》し、声をかけ励ましていくことです。よいか悪いかだけで判断しないでください。トラブルを起こす子たちは、『とっくに被害者』なのです。その傷口に塩を塗り込むような指導が校内暴力を発生させ、回復を困難なものにしています。学校にも家庭にも、子どもたちを大切にする手だてを求められているのです。

先日、ＰＴＡの皆様のご協力をいただき、校内の壁のペンキ塗りを行いました。松山教頭先生の発案で、当日の手配もすべて行っていただきました。お陰様で、渦巻いていた強烈なストレスも少し和らいだことと思います。でもこれからが本番です。三年生はいよいよ進路方向を決めなければならない季節に入ります。一人一人が生きる自信を取り戻し、本気で自分の将来を考えていけるよう、後押ししましょう」

　保護者の表情が明るく穏やかだ。それは子どもとのやり取りで様々な葛藤《かっとう》に苦しんできた者だけがもつ心境だったのかも知れない。

　うんうんと肯《うなず》いていた森屋棟梁が勢いよく立ち上がった。

「先生方、ご苦労様！　よく頑張っているなあ。深山校長の言う通りだ。聞いていて何かすっきりした感じだ。理屈ばかり言うところが学校だと思っていたけど、そうじゃないな。俺は少年院や刑務所から出てきた奴らの面倒も見てきたが、みんな劣等感《れっとうかん》の塊《かたまり》でひがみっぽく、強く叱ったりすると逆効果《ぎゃくこうか》だった。すっかり小さくなっちまった心にあったかい火を灯してやらなきゃあ、どこかへ吹っ飛んで行っちまう。これを繋《つな》ぎとめるのはやっぱり声をかけることだ。生きていくのはいいことなんだ、とそっと教えてやるのよ。一緒に考えるのさ。本校の突っ張りたちも同じことよ。今まで学校の対応には疑問をもってきたが、捨てたもんじゃあない。これからは協力するからな」

　森屋棟梁の力強い言葉は共感を呼んだ。深山校長はふと、二十年前の本校の番長、吉村さんの「協力するからな」という、同じ言葉を思い出して心ときめいた。

父と子の姿

二学期が始まると中学校の生活指導は忙しくなる。夏休み中に起こった万引き、家出、塾や盆踊りでの学校間トラブル、家庭内の深刻な問題などが表面に出てくるからである。無量は哲史の動向が気になっていたが、間もなく家庭から連絡があり、家出をしていたことがわかった。塾の宿泊学習の際、他校生に因縁《いんねん》をつけられ殴《なぐ》り合《あ》いになった。

「成績が悪い上に、トラブルばかり！」

母親にひどく咎《とが》められた哲史は家を飛び出してしまった。

担任の木山先生は、斎藤生活指導主任、加藤学年主任と手分けして探したが、見つからなかった。警察にもそれらしき情報は入っていない。

翌朝、鎌倉警察《かまくらけいさつ》から家庭に電話が入った。哲史がコンビニで万引きをして捕まったのだ。家を飛び出して江の島から鎌倉まで行ったが、お金もなく空腹のため、思わずパンを盗んでしまったらしい。連絡を受けた藤井夫妻は衝撃を受けた。だんだん哲史が手の届かないところに飛んでいってしまうような気がした。

引き取りに行った父、哲也は意外なことに叱らなかった。しかも笑顔であった。

疲れ切っていた哲史は腹の底からうれしさがこみ上げてくるのを知った。

一方で戸惑いも感じた。いつもなら天地に鳴り響くほどの大声で怒鳴られるところだ。

「父さん、なぜ、叱らないの」

父は穏《おだ》やかに応えた。

「エアガン事件があったとき、自分の体面《たいめん》ばかり考えていた父さんは、哲史の本当の悩みに気づこうとしていなかった。学校に呼び出された後、もっと哲史のことを考えてやらなきゃいけない。このままじゃだめだと思った。いつも忙しい時間に流されてきた。だから、時間を止めて考えたのさ。深山校長先生の言葉は、一つ一つ、父さんの心に突き刺さって離れなかった。はっきりと言おう。父さんが間違っていた。ごめんな」

割り切ると、何事にも決断が早い父である。

しかし、哲史にとって父が謝ることなど考えられないことだ。

「この間、飲み屋で偶然《ぐうぜん》、無量先生にお会いしたんだ。閉店の時刻まで話し込んでしまった。先生は哲史のことをとても心配していたよ。無量先生の話を聞いているうちに哲史の気持ちに気がついたのさ。これからは哲史の考えを大事にしたいと思う。進路も自分にあった学校を選べばいい。父さんは応援するよ。母さんともよく話し合ってみる」

哲史はさらに戸惑《とまど》った。あれほど権威《けんい》を示してきた父、哲也の姿ではない。

「父さん、学力はいくらがんばってもこんなもの。叱ってほしくなかった。でも、今日はすべて僕が悪い。思いっきり叱られたかった」

哲也ははっとして目を見張った。

想像もしていなかった哲史の言葉である。

「実に、潔《いさぎよ》い言葉だ！　よくわかった。でもな、叱られるのは父さんの方だ」

今まで見たことのないような軽やかさで笑った。さらに、

「今日は哲史のこんな素直な言葉を聞いて感動したよ。でも万引きなんかしちゃいけない。父さんは一流塾の経営者だ」

「父さん、それじゃ、なにも変わらないよ」

「あっ、そうか。ごめん、ごめん。ハハハハハハハ。頭が固いのかな。どうだ、腹へったろう。回転ずしの看板《かんばん》が見える。今夜は思いっきりごちそうするよ」

哲史もようやく波長が合ってきた。

「うわ、腹が鳴りだしたよ」

哲史は、父と話すのが初めてのような気がした。

権威《けんい》と見栄《みえ》で子どもたちを一方的に決めつけてきた父。目の前にいる父さんが本当の父さんなのだろうか。重石《おもし》が外《はず》れたような晴れやかさはあったが、不安も消えなかった。家までの時間は色々なことを話す機会になった。二人で旅行してみないか、という提案もあった。次々に新たな父の姿が見えてくる。

哲史は父と無量先生がどんな話をしたのか、知りたいと思った。

夜、無量に藤井さんから電話が入った。

「無量先生、ありがとうございました。先生のおっしゃる通りでした。おかげで哲史と話ができるようになりました。あれほど素直な哲史を見るのは久しぶりです。私も自分をふ

り返るよい機会になりました」

晴れやかな声で言い切った。

「保護者会にお見えにならなかったので心配していました。よかったですね。お母さんともよくご相談され、進路のことも含めて見守っていただきたいと思います。連絡していただき、とてもうれしく思います」

激しいねじれのある藤井一家だ。哲史の家出の際、母親は鎌倉まで迎えに来ていない。保護者会も欠席している。エアガン事件で学校に呼ばれた際の不穏《ふおん》な発言も懸念材料《けねんざいりょう》だ。哲史は乗り越えていけるだろうか、無量はさらに不安を感じていた。

二つの議題

二学期が始まると職員室の先生方の会話には緊張感が漂い始める。

国旗・国歌の問題だ。同和教育グループも、対立するグループも、一致して反対するのがこの問題だ。つまり、全教員が校長に向かってくる構図《こうず》である。

戦後教育《せんごきょういく》の歪《ゆが》んだ流《なが》れを引きずる職員会議の運営は困難を極める。

「民主的な職員会議の運営」という大義名分《たいぎめいぶん》は校長のリーダーシップを著しく圧迫する。みんなで民主的に決めるのだから校長の一存で決めるのはおかしい、という理屈である。

これは国旗・国歌だけの問題ではない。校長たちは激しいストレスで胃潰瘍《いかいよう》になり、あるいは脳疾患《のうしっかん》を発症させ、ノイローゼになって自殺する者も出ている。

惨状《さんじょう》を見かねた東京都教育委員会教育委員の一人が、多くの校長から精力的《せいりょくてき》に聞《き》き取《と》りを行った。それはあらゆる機会を通して行われた。

平成十二年、東京都はこれをふまえて校長の権限強化を図る、「教育人事考課制度《きょういくじんじこうかせいど》」を発足《ほっそく》させた。具体的には教員一人一人に対して、年度当初に到達目標としての「数値目標」を設定させ、校長、教頭が聞き取りと指導を行い、年度末に評価するというものである。校長、教頭も同様に数値目標を設定し、教育委員会から評価を受ける。

この制度の実施にあたっては各職員団体が激しく抵抗した。校長によっても温度差があり、定着するまでには数年かかったが、教師一人一人と自校の教育について真剣に話し合い、よいところを称え、課題を率直に伝える機会となり、お互いの理解を深めるものになった。

東京都の「教育人事考課制度」の実施は、戦後の教育の混乱に終止符を打ち、校内の秩《ち》序《じょ》を取り戻す契機《けいき》となる。しかし、無量が赴任したのはそのわずか二年前のことであり、職員団体と管理職とのやり取りは熾烈《しれつ》を極めていた。

この年、学校現場における国旗、国歌の混乱の流れはようやく収まり、入学式、卒業式には全国で実施されるようになった。残るは遊山市、ただ一市である。

完全実施にもっていこうとする国や教育行政。踏ん張ろうとする職員団体がぶつかったが、ようやくこの問題の終焉《しゅうえん》の時を迎えていた。

遊山中では異様なことに、国旗・国歌の「賛成派」が校長・教頭の二人だけである。これを多数決で決めるなら結論は決まっている。市内各校の校長たちも状況は同じで、苦心《くしん》惨憺《さんたん》してこの問題に向き合っている。

遊山中の職員会議では全員が発言を求められる。

「みんな反対です。無量先生だけ、手が挙がりませんでした。お考えをお聞かせくださ い」

司会の木山先生が言った。

これまで無量が勤務してきた二つの中学校では普通に国旗を掲揚《けいよう》し、国歌斉唱を行ってきた。そのため、反対する理由はなかった。

「私が勤務してきた学校では、日の丸・君が代を実施する入学式・卒業式でした。なぜ、反対されるのか、よくわかりません」

木山先生が追及する。

「どう考えているのか、そこが聞きたいのです」

一般常識からは全く逆の状況だ。強烈なプレッシャーがかかってくる。

「太平洋戦争で三百二十万人を超える日本人が命を失った。その無謀な戦争の旗頭《はたがしら》となったのが『日の丸』だ。この旗のもとで、戦争を美化して子どもたちを戦地に送り込んだ教師の責任はあまりにも重い。私たちはそんな戦争犯罪を犯した『日の丸』を国旗として認めるわけにはいかない」

先生方の反対の主な理由である。

「私は子どものころから学校や地域で、日の丸・君が代が国旗・国歌であると教えられてきました。したがって、あまり違和感《いわかん》は感じていません。皆さんのお考えをお聞きして、そういう考え方もあるということを知りました」

するとと篠原先生が立ち上がって言った。

「その無関心さがあの恐ろしい戦争を起こさせてしまった。そう、思いませんか」

理屈で対抗してもかないそうにない。それでも無量は言った。

「東京オリンピック（第一回）でも国旗・国歌として扱われていました。様々な国際競技や地域のイベントでも普通に行われています。それが社会の流れではないでしょうか」

大方の先生方の顔が一斉に無量に向いた。自分だけが異次元《いじげん》の空間《くうかん》に放り出されたような気がした。篠原先生は、

「う～ん、無量先生の生活指導には注目していますが、国旗・国歌に関してはほとんど思考が働いていませんね。人類史に残るヒットラーの残虐《ざんぎゃく》な戦争犯罪《せんそうはんざい》も、彼の天才的な辻説法から始まっている。つまり民主的な手法で始まっているのです。子どもたちをあずかる我々教師が、二度とその道を歩ませないためにも政治を厳しくチェックしていかなければならない。たかが国旗・国歌ではないのです」

無量は即座《そくざ》に答えた。

「国旗のない国があるでしょうか。国旗は、様々な人たちが力を合わせて取り組むための象徴だと思います。いずれの国の歴史も困難を極めたものと思います。そんな歴史を刻むものが国旗ではないでしょうか。日の丸・君が代に罪があるとは思えません」

再び、篠原先生が言った。

「君が代の歌詞は明らかに天皇を称える歌だ。その構造が、再び国民を戦争に向かわせる引き金になる。何度でも言うが、絶対に戦争を起こしてはならない。そのことを子どもたちにしっかり伝えなければならない。それが私たち教師の責任です。

戦前の教育は、多くの教師たちが、『お国のため』という大義名分で将来ある若者たちを戦場に駆り立て死に追いやった。同じことを二度とくり返さないため、民主的な教育を進めなければならない。したがって日の丸・君が代を認めるわけにはいかない」

それだけが反対の理由だろうか。もっと他に意図が潜んでいるのではないだろうか。無量はよくわからなかった。しかし、日本の社会で当たり前になっていることを学校が覆《くつがえ》すことなどできない。深山校長が口を開いた。

「戦争という大きなあやまちが、大変な数のかけがえのない命を奪ってしまった。子どものころ近所の家に遊びに行くと、黒枠の中に戦死したご家族の遺影《いえい》が飾《かざ》ってありました。私はその表情が怖くて夢にも出てきました。二度と戦争を起こさないための教育は重要です。しかし、無量先生もおっしゃられたようにどこの国にも国旗・国歌があります。学習指導要領に規定された国旗・国歌を実施するのは日本の公立学校として当然のことであり、先生方にもぜひご理解いただきたいと思います」

職員会議は穏やかに行われたが、開校以来、国旗・国歌が実現していない遊山中である。反対派の戦闘態勢《せんとうたいせい》に火をつける結果となった。保護者の中には過激な市民団体の幹部もいるという。すでに文部省からは遊山市教育委員会に対して強い圧力がかかっている。ストレスをマックスにする三学期。深山校長は大荒れの予感がした。

井上教育長から、「今年こそは、国旗・国歌を実現してください」というメッセージが出されている。市内の校長会はその対応を迫られ、話し合いは益々深刻の度を深めている。

深山校長は、生徒にとって成長の証となるようなよき卒業式をイメージしているが、政治的な争いの場となることだけは避けなければならないと考えていた。無量も国旗・国歌で争う卒業式には賛成できない。そう思うと言い知れぬ不安に襲われた。

流教授の愉快な話

熱燗《あつかん》でぐいっと一杯やると、しみじみとした幸せを感じる。元禄仲間の遊び心に満ちた会話がストレスから解放してくれる。

「先生、悩み事は全部忘れて、はい一杯！」

熱燗《あつかん》を差し出したのは石川さんだ。仲間の表情に陰《かげ》りを見ると温かい声をかけたくなる思いやりのある人物だ。

「夏の大会参加はお父ちゃんが亡くなられて中止になったけど、秋がありますよ。その前に強豪チームとの練習試合も組まれるそうです。今度こそ一緒に野球をやりましょう」

いつものように元禄の酒宴はたけなわである。

「マスター、最近、持ち馬の成績はどうなの」

押切さんが言った。

マスターの落合さんはＪＲＡの競走馬を持っている。七千万円以上の資産《しさん》がないと、競走馬のオーナーにはなれないそうだから、彼は相当な資産家《しさんか》ということになる。国分寺の中央線沿線に五千坪の土地をもっているともいう。

「よくないね。一頭目、二頭目までは一勝もできないで終わった。今年は初めて新馬戦《しんばせん》で勝ち上がり、夢が実現して大いに盛り上がったけど骨折してしまい現在は休養中だ。馬は一度故障するとなかなかもとに戻らない。見通しは暗いね」

「難しいもんだね。俺たちのような貧乏人には夢のまた夢。名前がよくないんじゃないかな。ゲンロクブルースじゃあね。転落の一途をたどる暗い人生のようだよ。今度買うときは、私が名づけ親になるからね」

「ふふふふふ、押切さん、その時はお任せしますよ」

「どんな名前がいいかな」

「ゴールドプラン！」

「ゲンロクハナノエン！」

みんなで言いたいことを言っては大笑いになる。それぞれの馬名を華やかに取り上げては爆発的な笑いを誘う。こんな人物が一人や二人ではない。この連鎖《れんさ》が元禄仲間のよいところであり、人の悪口《わるくち》や陰気《いんき》な話《はなし》はご法度《はっと》である。笑うと気持ちが晴れて会社であった嫌なことも蒸発《じょうはつ》してしまう。

「みなさん、ごきげんよう」

颯爽《さっそう》と登場してきたのは流教授である。六十八歳になったばかりだ。白髪だが背筋はしゃんとして伸び、品のよい雰囲気が漂う紳士である。

「相変わらず盛り上がっていますな。時代で言うと元禄時代かな。でも、皆さんの風貌《ふうぼう》は石器時代以前だ。原始人が酒場で盛り上がっているのは、全国広しといえどもこの元禄ぐらいかな」

流教授の妙にリアルに響く毒舌に、彼らも黙ってはいない。

「先生！　そりゃねえよ。紳士ぶっているけど、先生こそプテラノドンが背広を着て歩いているようなもんだ」

「違いねえ！　先週の競馬でナガレプテラノドンっていう馬がいたのを覚えているか。勢いよく先頭に立ったのはよかったが、カーブを回り切れず、真っ直ぐ走って柵を越え、外にふっ飛んで行っちまったぜ」

「やべえな。流先生みたいだ」

「諸君、その通りだ。実はナガレプテラノドンは私の持ち馬です。将来はダービーを目指していますよ。ダービーを勝ったら、秋にはフランスの凱旋門賞《がいせんもんしょう》に挑戦です」

「カーブを曲がれずに行っちまう馬が凱旋門賞《がいせんもんしょう》だと！」

どっと笑い声が上がった。

「真っ赤なウソですがね。ゲンロク仲間に入ると、馬乗り、いやいや、悪乗りしたくなりますな」

もう一度、爆笑が起こった。無量はこんなユーモラスなやり取りが好きだった。

教授は無量の隣に腰かけた。

「無量先生、お疲れでしょう。まあ一杯」

ビールと日本酒の二つを持った姿は教授のキャラにふさわしい。

「流先生、学生さんの様子はいかがですか」

「通信制大学で教職課程をとる学生さんは一度社会に出て現実の辛酸《しんさん》をなめた人が多い。このところ、中・高等学校の数学教師を希望する理系大学出身の学生さんが増えている。こんな事例がありました。

一流大を出て人もうらやむ理系企業に就職する。と、まあここまでは順風満帆《じゅんぷうまんぱん》だが、夢をもって入社したとたん打ち砕かれる。高等学校の数学教師を目指す学生がこんな文章を書いています。

『念願の有名な企業に採用される。心躍る出発です。ところが意気揚々と入社すると新入社員の歓迎ムードなどはなく、いきなり非難、中傷、陥《おとしい》れの連続でした。無防備だった僕は絶望のどん底に突き落とされました。まだ始まったばかりだし、ここまで苦労してきたのだからふんばろうと思いました。しかし二年目には体調を崩し、三年目に入ると会社に足が向かなくなったのです。つらい日々でした。もう先のことなど考えてはいられない。このままでは自分が壊れてしまう。限界を感じた僕は思い切って退社しました。

子どものころから夢をもって進んだ道でした。生産性第一の企業体質は、人間性など問題にしていられないのです。結果だけが求められる世界で僕には耐えられませんでした。しばらくの間、何も手につかず呆然《ぼうぜん》としていました。でも、生活しなければなりません。アルバイトを探して何とか生き延びる日々でした。

ある日、近くの中学校の校門付近を通りかかると、突然、大きな歓声《かんせい》が聞こえてきたのです。運動会です。エネルギッシュで爆発的な感情の勢いが伝わってきました。最終種目の全員リレーが行われていたのです。僕は彼らの活気と喜びあふれる姿を見ているうちに、中学校時代に夢見た教師への憧れが湧きあがってきたのです。そうだ、まだ遅くない。教師になろう！　そう決心したのです。するとすべてが生き生きと見えはじめました』

受講していた学生たちにこの文章を紹介しました。皆、真剣に受け止め、自分の進路を考えるための貴重な情報として話し合いました。私は大きな挫折を経験した人にこそ教師になってほしいと助言しました。

しかし、その正反対の学生さんもいるから大学は面白い。これは教員採用試験の一次試験に合格し、夏の面接練習に来られた学生の話です。日本を代表する企業の先端科学技術分野で、意欲的に研究を進めているバリバリのエリートです。

彼の面接練習のときの表情や受け答えは申し分ありませんでした。生徒の心に容易に入っていけそうな温かい人がらと、常識にとらわれない聡明な発想力が子どもたちの成長を誘発してくれると確信しました。合格の可能性は高いと思います。

彼が教師を目指すようになったきっかけは、最新の技術開発の研究プロセスで数学を用いているときに、ふと中学生に数学を教えたくなったそうです。そこで、いとも簡単に教師に転向する決意をしたそうです」

無量は生徒の顔を思い浮かべながら聞いていた。

「いいお話ですね。深い挫折や絶望を味わった人は、厳しい心理的環境に置かれた子どもや家族の気持ちが分かる人だと思います。そして、先端技術の研究分野から易々と進路変更してきた学生さんには世界を明るくする魅力を感じますね。子どもたちの成長力を高め、先生方同士の話し合いも活性化させてくれそうです。教員採用試験の面接官には、ぜひ、見抜いてほしいものです」

流教授の話は、いつも無量に考える機会を与えてくれる。

異色のPTA講演会

役員会で話し合い、講演会の講師は森屋棟梁に依頼することになった。これまでは教育問題で見識の高い著名な大学教授に依頼してきた。しかし、大工の棟梁となると未知数だ。噂《うわさ》は近隣の学校から地域の人たちにも広がり、当日は体育館を埋め尽くす盛況となった。

ところが肝心の森屋棟梁は、テーマである「家庭教育」について、うまくしゃべれるかどうか不安になっていた。そわそわしながら校長室にやって来ると、

「校長先生、いざとなると自信がなくなってきたな。大勢の前で話すのは初めてだし、俺の話がみんなに通用するかどうか不安だ。普段は毒舌を振りまいているが、今度は話題の俎上《そじょう》に上がる番になっちまった。怖気《おじけ》づいたのかなあ」

「棟梁らしくもない。いつもの調子で話してください。いつものように話し出せば、いつものように流れていくと思います。心配するようなガラではありません」

「なるほど、その一言でパワーが湧いてきたぞ。ありがとうよ、校長さん！」

体育館の来場者は、およそ五百人にもなるだろうか。椅子が足りなくなり、立ち見の人までいる状況だ。会場には意外な人の姿もあった。何と、石井教育長だ。ＰＴＡ会長青木さんがささやいた。

「校長先生、教育長先生も大工の棟梁に講演を依頼するという、前代未聞《ぜんだいみもん》の発想《はっそう》に興味を

もたれたとのことです。本校で今、何が起こっているのか関心が高まっている証拠《しょうこ》です」

どんな突っ張りでも、堂々と注意する森屋棟梁は保護者の間でも評判であった。しかし、校内暴力の不安が完全に消えたわけではなく会場には緊張感が漂っている。

松山教頭が講師紹介を終えると、棟梁は拍手とともに演題《えんだい》に向かった。堂々たる貫録《かんろく》の入場であり建築現場の作業服が新鮮だ。さっきの怖気づいた棟梁を思い出した深山校長は思わず吹き出しそうになった。

森屋棟梁はふてぶてしく、どこかすっとぼけたような表情で話しはじめた。

「あによ。今日は大勢《おおぜい》じゃんか。みんな何しに来たの？　俺があんまりいい男だから見てみてえと思ったのか。そうかそうか、でもなあ、期待するものなんて何もねえ。今日のテーマは家庭教育だけど、そもそも俺んちが家庭崩壊《かていほうかい》だからな」

講演者の予期せぬ一言に爆笑が巻き起こった。

「家を建てるときには沢山の人と関わらなきゃあなんねえ。家にいる時間は少ない。でも、母ちゃんが頑張《がんば》っているからな。それに俺にしちゃあ出来すぎの娘、若葉もいる。年がいってからの結婚で孫ほども年が離れている。忙しくてあまり話すこともなく、申し訳ねえと思っているよ。こんなことで家庭は半分崩壊している。今日は崩壊家庭のもう半分からの話になるけど、聞いてくれるかな！」

再び、どっと笑いが起こった。絶妙な笑いの間をとる話法は全開だ。

「さて、家を建てるときに必要なのは何だと思う。そう、そうです。木です。もちろん、コンクリートの家もあるが、俺は木の方が人の心にフィットして心地よいと思う。木にも色々ある。近頃は国内産の木が安い外国産のものにとって代わられ、せっかく山にいっぱいある材《ざい》が使えねえのよ。何とかしなきゃあいけねえ問題だ。おっと、木の話だったな。よ～く聞いてくれよ。スラッとしたエリートの木。日当たりのいいところで育った素性のいい木がある。一方、山の北側で寒風に吹きさらされ、曲がりくねった見栄えがよくない木もある。さらに間伐もしねえで日当たりの悪いところでヒョロヒョロ育った木がある。

一つ聞くぞ。家の中で一番重要なところに使う木は、今言ったなかでどれかわかるかな。ふむふむ、七人くらいいるかな。わかった人は大工になれる。職を失ったら俺のところで採用するから来いよ！」

三度目の笑いは柔らかい。もう、すっかり棟梁のペースだ。

「はい、もうおわかりだな。そうです。曲がりくねった木です。すらりとしたエリートの木はストレスに弱く、ちょっとしたことでも耐えられねえ。そこへ行くと曲がりくねった木は頑丈《がんじょう》で相当なストレスでもびくともしない。

テレビで古民家の移築作業の映像を流すことがあるだろう。再び骨格を組み立てるときの様子を思い出してほしい。曲がりくねった太い梁《はり》が家全体を支える姿を目の当たりにしたとき、言い知れぬ感動を覚える。あれだ。厳しい環境に耐えぬいた木は百年、二百年、あるいは数百年もの間、人間を支えてくれる。俺たち大工が憧れる木だ。

楽をしてわがままに育った子はストレスやトラブルに耐える力がない。

ここが肝心だよ、おっかさん！　苦労して育った人間は人の気持ちがわかるから社会に出てもきっと役に立つ。それは自分以外の人を幸せにする力をもっている。学歴なんかじゃあない。苦労は人間の宝だ。うちの学校は校内暴力で知れ渡っているけど、そう思うと少しは気が楽になるだろう。大吾のおやじさんよ！」

大吾の父は病状がやや回復しており、息子の逮捕で世話になった深山校長にお礼を言うため、無理を押して来ていた。彼は棟梁の声に笑顔で右手を高くあげた。

「人間、色々な時がある。学力ばかりが生きる指針にはならねえ。今の日本を見てみろよ。T大をはじめ、一流大学を出た人たちが引っ張っているはずだが、庶民の暮らしはちっともよくなっていねえ。国会議員もてめえの所属する派閥や利権のことしか頭にねえ。バカな奴らばっかりよ。どこに国民がいるのか皆目《かいもく》見えてこねえ。俺は中学しか出てねえけど、こんな人たちを頭がいいなんて思えねえ。政治のリーダーたちがこんな体たらくで無責任だから、何か起こったときには全く頼りにならねえ。何のために大学を出たのか聞いてみてえもんだ。俺たちの中学時代は家が貧しく、高校に行く金なんかなかった。クラスの半数近くは中卒で就職だった。みんな苦労して生きてきた。

『集団就職』って言葉を聞いたことがあるだろう。当時は就職列車といって中卒の子たちが地方から大挙《たいきょ》して上京してきたものだ。不安だったと思うよ。親しい友だちの中には、貧しくて一日一食しか食べられねえ家もあった。着るものも買えねえから、みんな「つぎはぎだらけの服装」で学校に行ったものよ。靴なんか穴だらけになるまで使ったものだ。

本当の話だよ。だから昼間働きながら定時制高校に通って家計を助けたのよ。そんな時代だった。俺は大工の親方について必死にがんばってきた。おかげで今は棟梁として一応通用している。大工仕事は厳しい。この指を見てくれ。親指の爪が半分なくなっちまった。金《かな》づちで潰《つぶ》したりノミで落としたりでこんな姿になっちまったけど、俺はこの指を誇りに思っている」

笑いと緊張の自在な話法は、いつの間にか一人一人の心を柔軟にし、深く考えさせる。

「今、家では修羅場《しゅらば》を抱えている人も少なくないと思うよ。その苦労がいずれは花になる。そう思ってがんばってくれ。大事なことは、どんな大変なことをしでかしたかで悩むんじゃなく、どう成長させるかってことで悩んでくれ。

考えてもみろよ。みんな色んな失敗を通してそこから学び、成長するんだ。その失敗を温かく受けとめて支えてやるなら、子どもはきっと立ち直る。親が被害者意識でがみがみと責め立てるだけじゃだめだ。一番傷ついているのは本人だからな。理屈よりも感情だ。温かい言葉で包み込んでやるのよ。そのとき、成長のヒントを投げかけるのは親の責任だ。親も考えなきゃならねえ。日ごろ、つまらねえ人間関係に気《き》を遣《つか》う割にはそういう肝心なことに思考が働いていねえ。大人の目つき。それが一番大事だ。人は周りの人の目つきで育つ。私の目を見なさい。なに、すっとぼけている？　違いねえ。でも本当に必要なときにはこんな顔になるのよ」

といって昭和の映画スターのように格好つけたポーズをとった。また爆笑である。

無量は棟梁の荒々しい言葉が掘り起こす世界に目を見張った。

「もう一つ、言っておこう。お客さんからは様々な家の注文を受ける。特に子ども部屋を作るときに俺は必ず言う。玄関から自分の部屋に直行の構造はダメだ。自立もへったくれもねえ。家に帰ったら家族のいる部屋を通り、コミュニケーションできるようにつくる。嫌ならつくらねえよ、って言ってやるのよ。思春期《ししゅんき》になると家はあっても別の空間に住んでいる奴が多い。これを家庭内別居というだろう。苦楽を共にするのが家族でなくて何だ。

と、まあ、俺はこんな調子でひんしゅくを買いながら、なんとか生きてるのよ。一番厳しいのは娘のまなざしだけど、いつも受けとめているよ。どうかな、少しは参考になったかな。俺の話はこんなものよ。今、子どものことで苦労している保護者の皆さんに少しでも元気になってもらえりゃ有難てえ。質問したい人は後で一緒に考えるよ」

まだ時間は少しある。司会がうながすと、彼はよし来た！　とばかりに話を続けた。

「さて、難しい話は終わり。ちょっと面白い話をしとくよ。数年前、東京都で最も高い山、雲取山（標高二〇一七メートル）の頂上付近にある雲取山荘の新井《あらい》さんから、当時、日本最高所の水洗トイレを依頼されたのよ。冬は氷点下十五度ほどにもなる。床屋もねえから髭《ひげ》は茫々《ぼうぼう》で目はギラギラ。牢名主《ろうなぬし》のような奴らがやってるから、登ってきた人たちはびっくりだ。山賊《さんぞく》に襲われるのかと思って身構えたくれえだ。

ある日、皇室《こうしつ》の雅子様《まさこさま》が登ってきた。旦那《だんな》もいたと思うよ。俺たちみてえな、汚《きた》ねえのを、見しちゃいけねえから、大きな幕が張られたのよ。俺たちはゴミかよ。雅子様が通るのをこちら側で目をギラギラさせ想像していたのよ。結局、最後までお姿を見られねえまま下山しちゃった。残念だったなあ。俺に合わせりゃ腹を抱えて笑ったものをな。そうなりゃあ、今度は皇室に講演を頼まれて行かなきゃあならねえ」

まさに牢名主のような表情で語った。話の節々にユーモア満点の話題を入れ爆笑を誘う。家庭教育というよりは一人の人間としての生き方が語られ、家庭教育はそこに行き着く、と言っているようでもあった。

遠野亮の孤独

無量が指導要録《しどうようろく》を点検するために校長室に入ると森屋棟梁が来ていた。

「無量先生、ちょっと寄ってけよ」

「あっ、棟梁、先日のＰＴＡ講演会ではありがとうございました。ユーモア満点の話法と森屋棟梁の腕っぷしの強い人間愛に衝撃を受けました。おかげで生きる自信をいただきました。私たち教師には決してできない、貴重なお話でした」

「ありがとうよ。無量先生も突っ張りたちから評判がいいぞ。これからもしっかり頼むよ」

無量も話の中に入った。

「大吾も鬼丸も大きな事件を通して変わってきたな。でも、表に出てこない厄介《やっかい》な問題を抱える奴はまだまだ他にいる。決して油断《ゆだん》できねえな」

棟梁の言葉に肯《うなず》きながら、深山校長が言った。

「学校の状態がよくなってきたのは、これまで懸命に子どもたちを支えてきた先生方のおかげです。また、学校を離れて棟梁の力強い声かけや保護者の皆さんのバックアップがあったからこそ、彼らは成長への手がかりを得られたのだと思います。

私が今、気になっているのは遠野亮君です。大吾や鬼丸の陰に隠れているが、二人を差し置いて極中への遠征を企てるなど、かなり大胆なところがある。彼とともに動く二年生の東山慎二君も心配です」

「ふんふん、さすが校長。いいところに目をつけてるな。これは個人情報の保護にかかわることだけど、そうも言ってられねえから言っちゃうよ。二年前、俺は遠野家の増築工事を依頼された。その作業の期間中、色々なことが伝わってきた。

両親はそろっているがほとんど家にいねえ。父親は岩手県の出身で一流大学出の通産省の高級官僚《こうきゅうかんりょう》だ。家に帰ってくるのも遅く、亮とはほとんど会うこともねえ。と、まあここまではよくある話だが、母親もちょっと普通じゃない。新興宗教《しんこうしゅうきょう》にのめり込んで家庭を顧みなくなっている。毎日、工事が終わるころにはどこからともなくもどってきてお茶を入れてくれるが、こんなことを言ってたな」

「夫の仕事は、聞こえはいいけど議員に酷使されて帰ってくるのが毎日午前一時前後です。それも納得のいかないことが多く強いストレスを抱えながら勤務しています。ですから、亮のためには私が頑張らなければいけないんですが、今は忙しくてね」

「俺にはごく普通の奥さんに見えたけど、ある日こんな話を聞かされた」

「二年前、友人からある宗教団体教主の講演会に誘われました。仏教系の宗教であることはわかったのですが、どの宗派なのかは不明です。少しだけ興味がありましたが入信する気などはさらさらなく、お付き合いと思って一度だけ参加したのです。

大きなホールに全国から二千人もの信者が集まり、教主の講演内容も立派なものでした。終わってから会場の出口付近で、意外にもインタビューを受けたのです。私は講演のなかから感動したところを自分なりに話ました。

一か月ほどして、興奮した友人が新興宗《しんこうしゅう》教団体《きょうだんたい》の新聞をもってきたのです。驚いたことに大きな見出しで私の感想が載《の》っているではありませんか。すっかり気を良くした私は、友人に勧められるまま入信してしまいました」

「と、まあ、うまく教団の手口に引っかかっちまったというわけよ。その友人は最初から勧誘《かんゆう》するつもりだったはずだ。こんなことで奥さんは教団の一員としてのめり込んじまった。おかげでたった一人の息子、亮でさえ眼中にねえ有様だ。亮が帰ってきても家には誰もおらず、何かあっても相談することもできねえ。そんなことから亮の仲間たちが遠野邸にたむろするようになり、その後は知っての通りよ」

無量は目を見張った。

「そうだったのか。亮はいい目をしている。その目の奥に澄んだ世界を感じていたけれど、それは孤独だったのかも知れませんね。進路のことも不安が倍増する時期です。もっと声をかけたいと思います。彼の言葉は実にさわやかでよく整理されています。それは優れた可能性を示しています」

森屋棟梁はさらに続けた。

「ついでに言っておくけど、亮は吹奏楽部のリーダー天道理沙《てんどうりさ》にほれ込んでいるようだ。仲間の情報だよ。最近では理沙も意識しはじめた。彼女には優れた知性と行動力がある。感情のスケールもでかい。俺は個人的には亮にとってプラスになるんじゃないかと思っている。理沙は全国大会にこそ出場できなかったが、東京都大会では金賞に輝き、リーダーとしての存在感を増している」

男子は女子のまなざしによって変わる。若葉や理沙のような女子が学校を引っ張っている。山頂に続くいくつもの山襞《やまひだ》が見えてきたような気がした。

話題は何かと学校にクレームをつけるM市会議員の話になった。森屋棟梁は彼の日常をよく知っており、竜頭蛇尾の裏話を天才的な話法で手玉にとり、抱腹絶倒《ほうふくぜっとう》の笑いをさそった。そのなかでM市会議員の一人息子が遊山中に在学中、酷いいじめにあっていたことを知った。無量はM市会議員の気持ちが少しわかるような気がした。

老人ホームへ

放課後、無量は山村先生に声をかけた。

「先生にお勧めいただいた修学旅行の事前研究冊子《じぜんけんきゅうさっし》、素晴らしい内容ですね。子どもたちの視点の明快さには目を見張ります。実際に修学旅行に行ったとき、真実を摑《つか》もうとする熱意や想像力が全く違ってきます」

山村先生はニコニコしながら、

「ありがとうございます。私たち教師も一緒になって取り組んできましたが、子どもたちの熱心さには頭が下がります。表面的《ひょうめんてき》な体裁《ていさい》を整えるだけでなく、歴史や人間について本気で考え、悩み、まとめ上げています」

なるほど。子どもたちの主体性はこうして培われてきたのだ。人権にかかわる意識も、きっとこのようにして育ってきたのだろう。

「青雲山先生の文章が載っていました。スケールの大きな発想で歴史や人間の真実を的確に捉え、私たちが本当に目を向けなければならないことは何なのか、示唆《しさ》しています」

「青雲山先生はそういう人です。在任中も突っ張り君たちを受けとめ、一緒になって考えてきました。だからこそ、みんながついてくるのです。

無量先生は女子のまなざしが深いとおっしゃっていましたが、遊山中のリーダーシップを取っている子たちは冊子づくりでも中心になっています。こんな形で深まった思考は自分の行動に自信と勇気を与えてくれます」

無量は若葉を思い出した。

「差別や偏見をなくす取り組みは、自分の問題として真剣に考え、悩むことから始まるのですね」

山村先生は穏やかな笑みを浮かべた。

近くで仕事をしていた松山教頭が声を上げた。

「いい情報です。週末に吹奏楽部が老人ホームを訪問しますが、ボランティアの十二名の中に遠野亮と東山慎二の名前を見つけました。心境の変化があったようですね」

「えっ、本当ですか。それは素晴らしい」

「理沙が亮に声をかけたようです。亮は慎二を誘ったはずです。若葉からの誘いもあったと思います」

思わぬ展開だ。成り行きを想像するだけでも心弾む。

土曜日の午後、吹奏楽部の一行は学校から歩いて五分ほどの老人ホームに向かった。無量もかねてから鈴成先生に誘われており同行した。大きな施設である。三階のオープンスペースには椅子や車椅子に腰かけたご老人たちが待っていた。四十人ほどもいるだろうか。吹奏楽部が入場すると大きな拍手が起こった。生き生きした中学生たちの姿に、自らの中学時代を思い出し、慈《いつく》しむようなまなざしであった。

若葉からプログラムが配られ、理沙のあいさつがはじまった。

「皆さん、こんにちは。私たちはこの窓から見える、あの遊山中の吹奏楽部です。今日は皆さんにお会いできて、とてもうれしく思います。さっそく演奏をはじめます。曲目は、皆さんとともに感動できるものを選びました。音楽は私たちを生き生きさせる素晴らしい力をもっています。そして幼少期に聴いた音楽は、大人になっても心の中に潜んでいて、折にふれ励ましてくれます。これから精一杯演奏しますのでお楽しみください。

演奏終了後には交流会をもちたいと思います。皆さまのところに私たちが参りますので、気軽にお話を聞かせてくださいね」

鈴成先生の指揮で演奏がはじまった。子どものころに歌った童謡《どうよう》や文部省唱歌《もんぶしょうしょうか》が軽快に演奏されていく。ところがどうしたことかみんな無表情だ。慣れていないからだろうか。やがて一人の男性がゆるゆると立ち上がり、両手を挙げて指揮をし始めた。みんなの目が一斉に注がれる。それは指揮の基本を心得た動作であった。

部員たちは演奏しながら思いもよらない出来事に笑顔でエールを送った。場内の空気が温かく膨《ふく》らんでいく。触発されて一緒に指揮する人、拍子を取る人、歌う人など、無表情に思えた人たちが、生き生きと動きはじめたのだ。音楽は忘れ去ったものの中から大切なものを思い起こさせてくれる。そして、バラバラになっていたものを結びつける。

ラストメニューは、ホルストの「惑星」の中から、「木星」が演奏された。音楽のもつ最高のメッセージを心得た吹奏楽部である。演奏が終わると交流会が始まった。

理沙と若葉の案内で十二名の中学生がご老人たちの中に入る。部員たちも遅れて入る。今日の演奏のこと、ホームでの過ごし方や故郷の思い出、中学時代の感動などを楽しそうに語ってくれた。また、楽器に関心があり部員の手を借りて演奏する人、遊山中の様子を尋ねる人など、コミュニケーションの深まりを見せていた。

亮と慎二は、一人ぽっちのご老人を見つけては声をかけた。ひょうきんな言葉や表情で相手を和ませる。彼らのコーナーには笑いが絶えない。無量はユーモラスな彼らのセンスを発見し、にっこりした。

祝勝会の熱気

元禄チームは国分寺市秋季軟式野球大会で晴れの優勝に輝いた。喜びにわくメンバーたちは日焼けして工事現場の人のように真っ黒だ。

応援団長、流教授が立ち上がった。

「え～、本日はお日がらも良いようで……」

「結婚式じゃねえぞ！」

「おっとと、失礼しました。皆様の総力を結集して、わが元禄チームはめでたく初優勝を成《な》し遂《と》げました。聞きしに勝るポンコツチームゆえの老獪《ろうかい》なヤジのやり取りは、国分寺市の野球始まって以来の珍プレーを続発させ、応援団長をハラハラさせてくれました。

競馬中継をイヤホーンで聴きながら三塁コーチャーの身分もわきまえず、走者に対して、腕を回しながら競走馬の名前を叫び続けるという奇天烈《きてれつ》な人がいました。畔田《くろだ》さんに遊び心全開賞を差し上げたいと思います。ただし、相手チームには大変失礼でしたので、賞品はありません。悪しからず。

今日は瀬谷《せや》さん、無量先生、島崎さんが、日本鋼管の本格派エースからホームランを打つという快挙をやってのけました。それでは瀬谷さん、一言感想をお願いします」

瀬谷さんは恥ずかしそうに立った。

「皆さん、ありがとうございます。僕は中学時代までしか野球をやっていないので、必死になって剛速球に振り遅れないよう当てに行きました。失投でしょうね。偶然タイミングが合い、うまくレフト方向に打つことができました。でもホームランになるとは思っていませんでした。全くの偶然、まぐれですよ。それより皆さんの守備力《しゅびりょく》には仰天《ぎょうてん》です。もう、ロートルといってよい年齢ですね。日々飲んだくれている人とは思えない、軽快なプレーを見せてくれました。僕の生涯の思い出になりました。とてもうれしいです。改めて感謝申し上げます」

次は無量の番だ。

「私も野球は中学時代までで、あんな恐ろしい球が打てるなんて夢にも思っていませんでした。シー！　という、空気を引き裂く音にはビビリました。四番だったためか外角の鋭いカーブが多く、山を張ってフルスイングしたところ、偶然、当たってしまいました。相手投手に申し訳ないと思いました。でも、ピッチャーとしてはほとんどめった打ち状態でした。さすがAクラスの会社チームですね。しかし、元禄の素晴らしい守備には何度も救われ、奇跡的に四点ですみました。あっ打たれた！　と思っても不思議なくらい落下点に野手がいるのです。こんな感動は初めてで、とても痛快でした。お父ちゃんに見せたかったです。

島崎さんのホームランはいよいよ真打登場《しんうちとうじょう》といった感じでしたね。甲子園では四番でホームランを打った人です。雄大なフォームでゆったり振ったように見えたのに、打球は大砲のようにドカーンと飛んでフェンスを遥かに越えて行きました。日本鋼管のエースもマウンドで納得していました。あれこそ元禄の祝砲だったと思います。島崎さんに乾杯！」

仲間たちを称賛《しょうさん》し、次の人にリレーしていく。その言葉をさらに称《たた》える雰囲気がよい。多様な個性の人間が国分寺の酒場、元禄寿司で偶然に出会い、響き合い、本来もっている人間性に目覚めたようにも見える。

「お褒めいただきまして汗顔《かんがん》の至《いた》りです。サード石川さんのあの軽快なフットワークは、元禄で飲んでいるときの姿からは想像できません。矢のような送球も心躍るものでした。無量先生もあの強力打線をよく四点におさえてくれました。同点でリリーフした長谷川（弟）さんの、鬼気迫《ききせま》るピッチングは相手を圧倒しました。印象に残る素晴らしいプレーでした。そして、本日のベストプレーは長谷川（兄）さんですね。無量先生のよいところを引き出す好リードが感動的で、打っては四打数四安打。最優秀選手賞にふさわしい活躍でした。仕事の関係で遅くなりましたが、最後に登場したキャッチャー坂口さんが、球場全体に響く大きなかけ声で試合を締めくくってくれました。それでは皆さんの健闘を祝して乾杯！」

称え合う姿に少年のような感情が漂う。最後にマスターが言った。

「皆さん、おめでとうございます。大変、うれしい一日でした。私の小さな人生で思い出に残る出来事だったと思います。国分寺のみすぼらしい飲み屋に集まった人たちの起こした奇跡と言っていいと思います。一人一人がかっこよく、普段、元禄で飲んでいる皆さんの姿と重ねて想像すると、痛快無比《つうかいむひ》で夢のような飛躍を感じる出来事でした。心よりお祝いしたいと思います。これからも元禄をよろしくお願いします。

私から贈る賞です。いつも皆さんの悩み事を受けとめ、元気と勇気を与えてくれる人。しかも、自分をさしおいて参加者全員を出そうとする押切監督にベスト元禄賞をさし上げたいと思います。ふふふふ。元禄の一日無料券です」

「あっ、そっちの方がいいなあ」

楽しい飲み会は尽きることなく続いている。

残念ながら、落合潔さんはがんが悪化して九年後に亡くなっている。

元禄仲間の善意と感動あふれる姿は永久に不滅です。

戦慄《せんりつ》、七人塚伝説

教育活動と元禄仲間の間を行ったり来たりの無量先生。

自分を見つめ直すよい機会になっているようだ。

人生、丁《ちょう》か半《はん》かでは割り切れないのである。

善悪だけで人間を決めつけてはならない。

教師のまなざしを深めなければならない。

道徳の時間。無量はかつて御蔵島で起こった恐ろしい事件を紹介した。

「ある日、生徒用のパソコンを設置する業者が来島しました。担当は斎藤《さいとう》さんという人でした。私が校地内《こうちない》を案内《あんない》しているときのことです。世間話をしながら体育館の近くにさしかかると、斎藤さんは突然立ち止まって動けなくなったのです。半袖《はんそで》のシャツから出ている腕が総毛立《そうけた》っているのです。私は何が起こったのか、すぐには理解できませんでした。

斎藤さんは緊張した面持《おもも》ちで言いました。

『ここで昔、何かありましたね。そういうことはあまり信じないようにしているのですが、時々感じてしまうのです。先生、何かご存じでしょうか』

一瞬、戦慄《せんりつ》が走りました。世にも恐ろしい、『七人塚伝説』が稲妻《いなずま》のようにひらめいたのです。そこで私は、流人《るにん》の話からわかりやすく説明することにしました。

御蔵島は、古くは日本書紀《にほんしょき》にも出てくる流人の島で、政治犯《せいじはん》や知能犯《ちのうはん》が中心に送られてきました。江戸時代、大奥の江島・生島事件に関連し流罪となった御殿医、奥山交竹院《おくやまこうちくいん》や江戸で有名な絵描《えか》きの英一蝶《はなぶさいっちょう》、後に歌舞伎《かぶき》や浄瑠璃《じょうるり》で一世を風靡した白子屋《しろこや》お常《つね》もいました。史実を調べると幕府の政略的な冤罪《えんざい》が疑われるものもありミステリアスです。

幕府の御殿医だった奥山交竹院は、当時、三宅島の搾取《さくしゅ》に苦しむ御蔵島の人たちの悲惨《ひさん》な実情を知り、中央政権に働きかけて独立のきっかけをつくった人物です。しかも、流罪《るざい》にあってなお、幕府への影響力をもっていたようです。

流人を預かる島の要人（神主や村長）は、彼らを粗末《そまつ》な流人小屋《るにんごや》に住まわせ管理監督していました。ただ、奥山交竹院などの身分の高い人や白小屋お常のようなお金持ちは島の要人の『離れ』を借りて生活することも許されていたようです。

神主や村長は流人が自殺したりしないように幕府から厳命されていました。流人たちを島の人たちの生活に貢献させ、生きがいを持たせるよう配慮してきたのです。

しかしある日、御蔵島の歴史を揺るがす恐ろしい事件が発生しました。八人の荒くれ者が船で流れついたのです。水も食べるものもなく瀕死《ひんし》の状態《じょうたい》でした。その様子から、他の島から逃げてきた流人であることは明らかでした。心優しい村人たちは不憫《ふびん》に思い、賢人会議を開いて温かく受け入れることにしたのです。おかげで男たちは元気を取り戻しました。男たちは深く感謝し、次第に島の人たちと打ち解けるようになりました。

平和な時間が流れたのです。村人の彼らに対する『不審のまなざし』も和らいできたある夜。荒くれたちは密かに恐ろしい計画を練《ね》っていたのです。なんと、助けてもらった村人を皆殺《みなごろ》しにして村を乗っ取る企みです。村人は誰一人気づきませんでした。そして、ついに計画を実行する日がやって来ました。

ところが、男たちの一人が村娘《むらむすめ》と恋仲《こいなか》になっていたのです。恐ろしい計画はその男から娘に、娘から村人に漏《も》れ、村中に戦慄《せんりつ》が走りました。一刻の猶予《ゆうよ》もありません。村長は直ちに賢人会議《けんじんかいぎ》を開いて相談しました。その結果、村人総出で七人を皆殺しにすることにしたのです。せっかく助けてやったのになんということでしょう。村長は彼らを助けたことに後悔はなかったが、この決断は断腸《だんちょう》の思いだった。

鬼のような形相《ぎょうそう》で襲《おそ》いかかった村人たちの気持ちを思うと悲しくなってきます。村を守ろうとする必死の力により、抵抗した七人は殺されてしまったのです。凄惨《せいさん》な戦いのあった場所が校庭付近だったとも言われています。あの海側の塀の向こうに大きな石の塚が見えるでしょう。あれが七人塚です。殺された七人の霊《れい》を祀《まつ》った塚《つか》です。

斎藤さんは感動した表情で、

『なるほど、そうでしたか。そんな恐ろしいことがあったのですね。御蔵島に流れついたときは天の助けと思ったはずです。その尊い思いはどこで変わってしまったのでしょうか。当事者でなければわからない事情があったのかもしれませんね。村人にとっては実に理不尽な出来事でした。恐ろしい妄想《もうそう》をもつリーダーの扇動《せんどう》により村人の善意は覆《くつがえ》されてしまったのでしょう。それにしても七人を皆殺しにするという衝撃の出来事は、村人の心に消すことのできない深い傷跡を残したのだと思います。村を救った男の子孫が今も島にいると思うと深い感慨がわいてきます』

皆さんは、どう感じましたか。

それではこの事件にかかわった人たちの立場に立って考えていただきます。各班に分かれて、村人たち、村長、荒くれたち、計画を企てた男、村娘と恋仲になった男、村娘、などの気持ちになって話し合ってください」

主体性のある二組の生徒は驚くほど熱心に話し合い、心理的な状況をくっきりと浮かび上がらせた。最初に慎二が発言した。

「俺は村娘と恋仲になった男について考えた」

教室に歓声が上がった。みんな、慎二と若葉に注目した。

「理由は、俺にも無頼《ぶらい》なところがあるからだ。でも世話になった村人を殺そうなんて絶対に思わない。恋仲になった村娘への思いもあったと思うけど、こんな正義が通らない無茶《むちゃ》苦茶《くちゃ》な連中《れんちゅう》と付き合っていくのはごめん被《こうむ》りたい。人の心をもたない奴らはきっとまた仲間を裏切る。一方、善意を悪意で返された人たちの悲しみはどうだ。人殺しは本当に恐ろしいということを骨身にしみて感じたのは村人たちだったはずだ。でも、村を守るためには仕方なかったんだと思う」

最近の慎二の様子は大きく変化しつつある。以前の慎二ではない。

今度は若葉が朗々と発言した。

「私は村娘に共感を覚えます。彼女がいなかったら村は皆殺《みなごろ》しにされていたはずです。なぜ、荒くれ者の一人に魅《ひ》かれたのか、ここは想像が広がります」

クラス仲間はにやにやしている。

「村の人たちは、彼らが御蔵島にやってきたときに脅威《きょうい》を感じたはずです。それは村娘の感性を極度に鋭くさせたと思います。しかし、男と何度か言葉を交わすうちに、そんなに悪い人じゃないこともわかってきた。江戸の町の様子や流刑地《るけいち》の流人《るにん》の暮《く》らしを聞き、男の温かい人間性に気づいたのではないでしょうか。おそらく、犯罪を犯した経緯《けいい》や自分の心の真実も話したと思います。そうこうするうちに男への思いは次第に強くなっていった。男が村娘に恐ろしい企みを暴露《ばくろ》したのは仲間を裏切る行為でした。しかし、彼は娘を守りたかったんだと思います。その思いの強さとともに、自分たちを救ってくれた村人たちを死に追いやることなど到底《とうてい》できない心の持ち主だったのです。村娘はこんな人間性をもつ男だからこそほれ込んだのです」

谷川烈人《たにがわれっと》が発言した。

「僕は村人の気持ちになって考えました。荒くれたちは、おそらくは殺人などの恐ろしい罪を犯して島流しになったのですから、村の人たちはそのことを視野において話し合ったはずです。村を乗っ取られる危険もある。村に入れるのは止そう。いや、困っている人たちを助けるのは人間として当然のこと。彼らもまた同じ人間だ。こんな風に意見は対立したと思います。悩みに悩んだ末、村長が最終的な決断をしたのではないでしょうか。しかし裏切られてしまった。想定内のことではあったが、相当な衝撃だったと思います。村人たちは、こんなときのためにそれぞれ武器を隠していたはずです。そうでなければ急に戦うための武器を揃《そろ》えることなどできないでしょう。不揃《ふぞろ》いだったと思いますが。それにしても七人と対峙《たいじ》したときには恐ろしさで足が震えたのではないでしょうか」

無量は洞察の鋭さに驚いた。

「いかにも谷川君らしい見方ですね。村人たちがこんなときのために武器を隠していたはず、という見方は、もう立派な評論家の推理です」

山路里美《やまじさとみ》が手を挙げた。

「私は父の仕事の関係で小学校六年までの四年間、八丈島にいました。父の友人の歴史研究家が遊びに来て話していたことを思い出します。八丈島は戦国武将、宇喜田秀家《うきたひでいえ》が流された島ですが、彼は島内の道や橋をつくって島の人の生活に貢献しています。また、気さくな人柄から多くの人に親しまれ、都の文化を伝えたと言われています。そんな流れもあり、流人は自分たちに貢献してくれる人という感覚がしみ込んでいたようです。

八丈島送りが決まると生きて帰れない地獄の島、というイメージがありますが、来てみると島の人たちの優しさに感動するのです。それまでの自分を心から悔い改め、八丈島の人たちのために尽くす人も少なくなかったそうです。歴史資料館には、島の娘と恋仲になった男が赦免《しゃめん》になり、船の上から泣く泣く別れていく絵が展示されています。流人の中には島の娘と結婚して生涯を八丈島で過ごした人もいたそうです。

教育委員会指導主事も兼ねていたその歴史研究家によると、八丈島の長い歴史をふり返ってみても、殺人事件などの凶悪な犯罪はほとんどなかったそうです。江戸町奉行大岡越前守《おかえちぜんのかみ》のころ、江戸の町では犯罪が増え、凶悪な殺人犯などが八丈島に送られてきましたが、それでも八丈島のよい流れは続いていたようです。

アメリカの商船バイキング号が御蔵島の海岸で座礁したとき、御蔵島の人たちは、命がけで五百人もの人たちを救っています。流人を悪人扱いしなかった八丈島の人たちと共通する優しさを感じます。七人塚伝説や八丈島の話を考えるとき、壮大な自然とともに、助け合って生きる人たちの大きな愛が鮮やかに感じられます」

無量は驚いた。これが中学生の考えることだろうか。いや、中学時代というかけがえのない季節を生きる若者が捉える世界を、大人たちが理解していないだけだ。

「八丈島の話、大変感動しました。生きるということは奥深いものですね。改めて、善悪の価値観《かちかん》だけでは捉えきれません。山路さんは今、手作りの詩集に取り組んでいるところです。皆さんも応援してくださいね。

あと一つ、恐ろしい企みをした男の立場で考えた人はいないでしょうか。島の歴史に残る残虐《ざんぎゃく》な事件を起こそうとした張本人ですが、誰かいませんか……」

いつもは寡黙《かもく》な人物、夏川渉《なつかわわたる》が珍しく手を挙げた。

外部のことより内面に集中する読書家だが、触発されたように発言した。

「おそらく黒潮《くろしお》の流《なが》れに乗って逃げてきたものでしょう。八丈島の流人の可能性が高いと思います。島から逃げることはさらなる犯罪ですから、皆、慎重《しんちょう》だったと思います。この企みをした男が島抜けのリーダーだったと考えられますね。

でも、男は飛びぬけた極悪人《ごくあくにん》だったのでしょうか。僕は必ずしもそうは思いません。島抜けはしたものの、よく考えると江戸に帰っても身の細る逃亡生活が待っているだけだ。仲間の七人も同様に頼れる人なんかいない。それどころか、『島抜けの罪人』として告発され、今度こそ死罪が待っているだろう。いっそのことこの平和な村を乗っ取って一生を過ごせたらどんなにいいだろうか。そんな妄想《もうそう》をもったのだと思います。

長い間、被害者意識に苛まれてきた男は、ついに『村人全員を殺す』という恐ろしい発想をもったのでしょう。常に余裕のないところで生きてきた男は、他人から優しい言葉をかけられたことがなかったのだと思います。もう少し想像力が働いていたら違うことを考えることもできたはずです。

もし計画が成功したとしても、多くの村人を殺害《さつがい》し血で汚《けが》した自然のなかで生活することなどできないのではないでしょうか。自分たちの命を救ってくれた恩人たちを裏切り、人間として最悪の事件を起こしてしまった荒くれども。罪の意識に苛まれ仲間同士の疑心《ぎしん》暗鬼《あんき》を生じると思います。さらに死者たちの亡霊《ぼうれい》に恐《おそ》れおののき、善良な人間にだけ訪れる幸せなど得られなかったのではないでしょうか。

どんな悪事を働いた人も、もとは善人だったと僕は思います。貧困や差別・偏見のなかで歪《ゆが》んでしまい、突発的《とっぱつてき》な殺人事件を起こした可能性があります。しかし、一度罪を犯すと、そういう人間として決めつけられてしまいます。その後の人生はずっと暗い闇を引きずって生きなければならなくなります。流れ着いた八人はもうそんな人生が嫌だったのかも知れませんね。そう思うと悲しい話です。これだけの大事件を引き起こしたからにはいずれ幕府にも知れるはず。彼らにとって、どの選択も絶望に満ちていたのかも知れません。彼らが何を考えていたのか、本当のところはわかりませんが」

　真実に迫ろうとした話し合いは思わぬ深まりを見せている。

「夏川君が素晴らしいまとめをしてくれました。私は今、皆さんの考え方に出会い、圧倒されています。皆さんの人間性あふれる世界を称えたいと思います。遊山中で起こっていることも、今日のように捉え直してみるとよいと思います」

予測していた道徳の授業の常識とはかけ離れたものとなった。

彼らの内的体験の骨格が清々しく無量を叩《たた》く。

教師は子どもたちから成長のチャンスをもらっている。

爽快な海風のような幸せが教室を吹き抜けていった。

七人塚伝説はこれからも長く語り伝えられていくだろう。

頼もしい二組の仲間たち。三学期後半が楽しみになった無量である。

いざ、御蔵島へ

「七人塚伝説、すごい話だね。俺だったら怖くて殺戮《さつりく》の現場になんかいられないな」

押切さんの言葉に無量は慎重に応えた。

「村を守るという意識は、死の脅威《きょうい》があった時代において非常に強かったのだと思います。私は他の荒くれたちの人生も考えてみたいですね。おそらく八人のなかでも考え方が異なり、色々な葛藤《かっとう》があったと思います。時には仲間同士でも険悪《けんあく》な雰囲気になっていたのではないでしょうか。真実は誰にもわかりません。村の運命を左右する重大な決断を下した村長さんには、直接会って話を聞いてみたいですね」

流教授がいつもの口調で、

「ほほ〜ん、御蔵島にはゾウ遺跡というのがある。動物のゾウがいたのかと思って調べたが、別にゾウがいたわけではなく縄文時代の遺跡のようなものがあるってことだったね。私はさっそくプテラノドンに乗って縄文時代に飛んでみたが、そこには古くから人が住んでいた形跡《けいせき》があり、長い時間のなかで多くの人が流れ着いていたようだ。おそらく同じような事件を引き起こしていた可能性はある。想像力が広がりますな。

七人塚伝説の授業は、極限状況に置かれた人間の心理を考えるよい機会になりました。

校内暴力で研ぎ澄まされた子どもたちの感性は想像以上のものを捉え、無量先生の計略は見事に成功しました。授業の冒頭でパソコン設置業者の斎藤さんが総毛立って立ち止まったあたりから一気に恐怖の世界に巻き込まれ、ミステリー小説並みの序章になっている。私は八人の流人と、元禄仲間の表情を重ねて楽しんでいましたが、皆さんの人相があまりにも違和感がなく浮かんでくるので、新たなる恐怖に襲われたところです。あっ、こりゃまた失礼！　いつもの失言です。お許しください。確定ですな。諸君！御蔵島に行こうではないか」

押切さんが興味津々《きょうみしんしん》に声を上げる。

「いいね！　みんなで行ってみようじゃないか」

賛同の声がわきあがった。無量はうれしそうに説明を加えた。

「御蔵島には興味深い伝説がたくさんあります。明治の初め、アメリカの商船《しょうせん》バイキング号が御蔵島の浜で座礁しました。乗組員は島民の人口を超える約五百人。島を乗っ取られる可能性もあるため、賢人会議で相談したが、結局、助ける決断をしたのです。

このときの村長が栗本一郎翁《くりもといちろうおう》で、私が勤務しているころの御蔵島小・中学校で事務主査をしていた栗本一郎《くりもといちろう》さんの祖先です。太平洋の荒磯で激しい波をかぶりながら五百人もの人たちを救出することは困難を極めましたが、御蔵島の人たちの献身的《けんしんてき》な努力と連携により、無事救出することができたのです。この出来事はアメリカの高校の教科書にも載《の》りました。有吉佐和子の小説、『海暗《うみくら》』では、こんな出来事も描かれています。

ベトナム戦争直前、米軍のミサイル射爆場候補地《しゃばくじょうこうほち》として御蔵島が浮かび上がりました。

超音速ジェット機の衝撃波《しょうげきは》はすさまじい。村の人たちの生活が深刻な影響を受けることは明白であり反対の声が上がった。しかし、厳しい村の財政を考えると補助金がもらえるのはよいという意見も出て村は二分されました。そんななか、奇跡が起こったのです。御蔵島を愛する植物学者の陳情書《ちんじょうしょ》を受け取ったロバート・ケネディ司法長官の裁定《さいてい》で、射爆場の地から免《まぬが》れることになったのです。陳情書の主な内容は、

『あなたの国のバイキング号が遭難したとき、御蔵島の人たちは命がけで、約五百人もの船員を救っています……』

と、いうものでした。その思いがロバート・ケネディ司法長官の心を動かしたのです。御蔵島の人たちの勇気と温かい心が窮地《きゅうち》を救ったのです。そのときのバイキング号の巨大な錨《いかり》が、現在も村の神社の前に保管されています。

今、ふと思ったんだけど、様々な事件はいつも見えない糸でつながっているように思います。歴史を動かしてきた御蔵島の人たちの人間性が脈々と息づいている。そんな感動ですね」

みんな真剣な顔になった。

「う〜ん、興味深い話が次々と出てくる。二年後、私は定年退職ですから、いつでも結構です。計画を進めましょう」

教授の宣言にみな賛成だ。押切さんが言った。

「時期は二年後にしよう。それまで酒を断ち、旅行資金を積み立てて健康状態をアップし

ないとね。ふふふ、できるかな」

「えっ、酒断ち。無理だよ。それじゃあ病気になっちゃうよ」

即座に爆笑が起こった。

「押切さん、私が積立金の管理をするから任せてくれ」

石川さんの声が明るく響いた。

「ネコババするなよ。なんなら俺がやってもいいぞ」

「そっちの方が、よっぽど危ねえ！」

どっと笑い声が上がった。どんな話題でも笑いに転換させる名人たちである。

ともあれ、元禄仲間の楽しい計画は成立したのである。

「マスター、最近、藤井さんは来ていますか」

「見えてないね。何か伝言があれば伝えておきますよ」

「哲史がどうしているか心配です」

哲史は、その後ずっと学校を休み続けている。

進路面談が近づく二学期。さらなる家庭内のトラブルが予想される。有名私立校は、当日の学力テスト一本勝負である。しかし今の哲史にそんな力はない。母親が納得しない学校への進学が選択肢に入る可能性は高い。無量は再び胸騒《むなさわ》ぎがした。

誰のための卒業式か

三学期も後半になると、職員会議は二つの重い議題で先生方を悩ませる。それはいずれの陣営にあっても同じことだ。一つは、当初問題になっていた人権尊重教育推進校の期間の問題である。三学期最初の職員会議でも激しいやり取りのまま結論は出なかった。再度の議題に考え悩んだ深山校長は、次の週の職員会議の冒頭で広い意味での人権尊重教育の取り組みの大切さを強く訴えた。

説明が終わるとすぐに採決に入った。当初は、「一年で終了すべき」とする意見が多数であったが、深山校長の熱心な説得もあり、先生方の判断にも変化が生じていた。

採決の結果は予想に反して全くの同数となり職員会議は沈黙した。最後は深山校長の一声《ひとこえ》で三年間という常識の枠におさまった。同和教育派は異動とともに半減していたため、反対派からも賛成者が何人か出たことになる。誰も予想さえしなかった結果である。

深山校長は明るい表情であいさつした。

「大変お疲れ様でした。あと二年間の人権尊重教育を進めて参りたいと思います。年度当初の職員会議で無量先生からも出ていたように、すべての差別や偏見をなくすための人権教育でなければならないと思います。よろしくご指導お願い申し上げます」

一つの議題は薄氷《はくひょう》を踏《ふ》む思いで決着した。しかしもう一つの議題、国旗・国歌の問題は到底《とうてい》無事ではすまない。すでにメディアを通して全国から注目されている。遊山市内の校長・教頭にとって、最も悩ましく厳しい季節を迎えていた。

　連日、メディアからの取材攻勢《しゅざいこうせい》で校長も教頭も疲れ果てている。市民団体や全国組織の団体の代表者たちが反対の署名をもって学校にやってくる。礼儀正しい団体ならまだしも、一方的で激しい抗議が相次ぎ、校務《こうむ》に支障《ししょう》をきたしたため、「抗議団体は校内に入れない」方針の学校がほとんどとなった。しかし深山校長はあまり頓着《とんちゃく》せず、いかなる団体も校長室に迎え入れていた。次から次へとやってくる団体は激しい口調で校長をののしる者もいた。長い文章を立ったまま読み上げ、「絶対に日の丸・君が代を揚げないように」と、念を押して帰った政党の幹部もいた。要望書はかなりの厚みになった。

　意外にも、国旗・国歌に賛成する女性団体が手弁当でやってきた。

「校長先生、何かできることがあればお手伝いさせてください」

という申し入れもあったが、学校外の人を巻き込むことはできない。

　文部省はすでに国旗・国歌を実現するよう遊山市教育委員会に通達していた。これを受けて指導課長が市内小・中学校校長会を招集し作戦を練った。現状では、壇上《だんじょう》に国旗を掲揚し君が代を斉唱することなどほとんど不可能であった。あまりにもリスクが大きいからである。過去には市内の中学校で保護者が国旗を降ろすという出来事が起こっている。そのときの関係者が三年生の保護者のなかにもいる。結局、屋上に国旗《こっき》を掲揚《けいよう》することが基本線となった。深山校長は式場のフロアに国旗を掲揚し、君が代の斉唱を提案した。反対派も引かなかった。その結果、国歌斉唱は、「国歌奏楽《こっかそうがく》」ということで妥協《だきょう》せざるをえなかった。市内の校長たちはすでに疲れ切っている。屋上に揚げることすら困難な学校も少なくない。最後は警察の警備を依頼することに決定した。

このとき、校長たちは警察の警備を「普通の警備」と考えていた。

しかし、警察からは驚くべきことが伝えられた。

「三度注意されてやめないときには逮捕される」

と、いうものだ。もし卒業式場で保護者が国旗を降ろしたら、卒業生の目の前で逮捕される。しかもその可能性が極めて高い。そうなると感動の卒業式は消え去ってしまう。それどころか忌まわしい記録を残すことになる。校長たちは相当に追いつめられており、結局、「警察の警備」を依頼せざるを得なかったのである。一方、卒業証書授与についてはいずれの学校も体育館のフロアで行うことで精一杯である。職員団体のメンバーの一人が、近くの大学で行われた国旗・国歌反対集会で、遊山中の感動的な卒業式をビデオ放映し喝《かっ》采《さい》を博《はく》した。これを各報道機関がキャッチして、「国旗・国歌のない、感動的な卒業式」として知られることとなった。このことが遊山中を窮地《きゅうち》に陥《おとしい》れる結果となった。

連日、取材が殺到した。テレビ局の人気報道番組から、

「卒業式の様子を視聴者に紹介したい。ぜひ、許可してほしい」

という依頼が何度もあった。しかし、これは無理な話である。

そのテレビ局の報道番組で国旗・国歌の特番が組まれ、ゲストとして招かれた人物が、

校長室に抗議に来ていたE氏であった。E氏とはすでに長い時間話し合っていた。過激な活動家として名高い人物だが、国旗・国歌のお互いの主張をきっぱりと言い合った後、長時間にわたって意外なほど和やかな会話ができた。拒否せず校長室に迎え入れたことが心を動かしたのだろうか。しかし深山校長は学校がそのような恐るべき渦の真っただ中にあること自体に納得がいかなかった。

生徒の卒業を祝うのが卒業式だ。生徒一人一人の将来に向けて、全ての人が温かいまなざしを贈る日である。こんな理不尽《りふじん》な流れの中におかれることがあってはならない。厳《おごそ》かで心豊かな卒業式にしたい。深山校長はそんな思いをもって残り十人の卒業証書を書き始めた。

卒業式前日に

鬼丸が一人で校長室に入ってきた。

「校長先生、俺にも書かせてもらっていいですか」

「おう、よくきたね。いいよ、書いてみなさい」

うれしそうに書き始めた鬼丸。終わってしまう中学校生活が寂しくて仕方ないようだ。案外上手である。深山校長と遜色がない。

「よく書けているね。私よりうまい。卒業式でお渡しする証書は私が書いたものでないといけないから記念にもって行きなさい。遅くなったけど、定時制高校への進学おめでとう。働きながら学ぶのは厳しいことだけれど、森屋棟梁のもとで働けるのはよかったね。しっかり大工仕事を身につけて、棟梁のような立派な大工になることを期待しているよ」

と言って握手すると鬼丸はうれしそうに笑った。よき時間が流れる。会話が弾み、過ぎ行く時間にとどまろうとする。校長として初めての卒業式。

大吾は都立の工業高校に、亮は私立大学附属高校に決まった。哲史も何とか私立高校に決まったが学校には来ていない。

明日の卒業式を前にして反対派の動きがあわただしい。JRの駅前や学校周辺でのビラまきが行われ、国旗・国歌反対を叫んでいる。メディアの煽《あお》りも頂点に達しようとしている。しかし、地域の人たちが同調するような動きは見られない。

午後八時三十分。まだ、卒業式の式辞は完成していなかった。

職員団体の各支部長三人が校長室にやってきた。

「校長先生、本当にフロアに国旗を掲揚するんですか」

どうしても揚げてほしくないという、願いのこもった言葉であった。

「今日、解放同盟のAさんと話し合いました。でも、平行線でした。息子さんは自分の手で国旗を降ろすと言っているそうです。それどころか親御《おやご》さんも同じ考えでした。何度か話し合い、分かり合っているとは思うのですが、国旗・国歌だけは絶対に譲れないと言っています。もし国旗をフロアに掲揚《けいよう》すると、生徒や保護者が逮捕される絶望的な状況に追い込まれます。生徒のための卒業式です。子どもたちにとって、一生に一度の大切な卒業式を忌まわしいものにしてはならないと思います。屋上にだけ掲揚することにしました」

みんなほっとした表情になった。

三回にわたって戦ってきた相手だが、今は親しみさえ感じられる。

「明日の卒業式は第三学年が主役です。夕方、鬼丸君が校長室に来て、自分の卒業証書を書いてみたい、というので書かせました。私より上手でした。三年生の先生方、おめでとうございます。お疲れだと思います。気をつけてお帰りください」

松山教頭が入ってきた。

「教頭先生、お疲れのところを本当にありがとうございました」

全体を見渡す視野の広さ、実務の実行力は並外れた教頭であった。指導が困難な学校で一番大変なのは教頭である。深山校長は松山教頭の手をとり、ねぎらった。

「校長先生、準備完了です。もう一度、一緒に会場を確認したいと思います」

「最終仕上げですね。最善を尽くして悔いなし。よろしくお願いします」

騒然とした日々の頂点を迎える卒業式。無事を祈るばかりである。

海に向かう風たち

深山校長は午前六時に学校に到着した。
校門付近には松山教頭と山根教務主任が待っていた。
どこからともなくセンスのよい服装の山村先生が現れた。
初めて校内を案内してくれたときの人とは別人に見える。
「校長先生、最後のお願いに参りました。卒業式では日の丸を揚げないでください」
と言ったかと思うとにっこり笑って去っていった。
その直後に教育委員会から課長が駆けつけた。
学校周辺には反対派の市民が緊迫《きんぱく》した様子で集まっている。
間もなく警備のためのパトカーもやってきた。
校長室で手順を確認すると松山教頭とともに屋上に向かった。
昨年は屋上に出る直前で市民団体のスクラムで阻止されていた。
今年は警察の警備があり反対派の市民団体は入れない。
おかげで楽々と国旗を掲揚することができた。
あまりにも呆気《あっけ》ないことが不思議だった。周辺から双眼鏡がこちらを見ている。
松山教頭と握手すると自然に笑みが湧いてきた。

いよいよ卒業式だ。
午前八時三十分。卒業生が教室に入り始めた。クラスごとに企てがあるようだ。
午前九時三十分。保護者入場。晴れの服装が特別な日であることを語っている。
卒業生が廊下に並び始め、担任の姿を見つけると歓声が上がった。
後は入場の合図を待つばかりだ。
午前十時。琴《こと》の演奏、「春の海」が会場に流れると在校生の拍手が一段と高まった。
卒業生入場である。無量は入り口で案内と警備を担当していた。
メディアの取材は断っているため会場に入ることはない。
一組の先頭を権藤先生が笑顔で進む。
卒業生たちの慎ましやかな表情が式場の緊張感を高める。
大吾が悠然と通る。鬼丸が胸を張って歩く。亮の表情が静かに緊張している。
理沙は毅然とした姿勢で進み、大きな目が輝いている。
拍手が最高潮《さいこうちょう》に達すると、ピタリと鳴り止んだ。
一同着席。
松山教頭の開式宣言により卒業式がはじまった。最初に国歌奏楽である。
吹奏楽部による見事な演奏がこの日の感動を予感させた。
あっという間に卒業証書授与だ。泣いている生徒がいる。
保護者の頬《ほお》にも涙が光る。校内暴力に明け暮れた三年間だった。

フロアの中央には卒業証書授与のための立派な舞台がつくられている。

「喜びの歌」（ベートーベン、第九交響曲ＣＤ）が流れはじめると、式場は厳粛《げんしゅく》な雰囲気に包まれた。

深山校長は一人一人の顔を見て声をかけながら証書を手渡す。

もう大吾の番だ。

「三年間、よくがんばりました。卒業おめでとうございます」

深山校長が一言伝えると、式場を圧倒する太い声で応えた。

「ありがとうございました！」

予想外の感動が波動のように広がっていく。

抑制《よくせい》されていた思いが第九交響曲の巨大な感情とともに脈打ちはじめる。

五クラスの証書授与はあっという間に終わった。

一瞬静まると深山校長による式辞である。

何を語るのか卒業生も保護者も教師も注目する。

予想通り生徒の活動からこの日の感動を掬《すく》い取り、成長のためのメッセージを静かに伝えた。

殴り込み未遂事件やいくつかのトラブルに触れると、突っ張りたちの目から涙があふれてきた。色々なことがあった。

その思いをかみしめるような式辞であった。

在校生代表、森屋若葉から卒業生に贈る言葉が読み上げられた。学校を支えてきた卒業生の勇気と成長を称える堂々としたものであった。ここまでは普通の卒業式だった。

次は卒業生代表の言葉だ。

クラス代表二名ずつ五クラスが別れの言葉を述べる。しかし、それは教師たちに対する赤裸々な言葉ではじまった。一組代表の女子は、

「山井《やまい》先生、あなたは私がいじめに遭《あ》っているとき、見て見ぬふりをして通り過ぎました。こんな先生、信じられませんでした。信頼していた先生だけに、大きなショックを受けました。私には理解できませんでした。教師として許されないこととお思いになられていたのなら幸いです。その後、私は不登校になりました。追い詰められ、悩みに悩みました。気力を失って自殺も考えました。そんなとき、力になってくれたのが友だちです。暴力やいじめがあっても決して逃げず、私を励ましてくれたのです。私がようやく学校に来られるようになった日。今朝のように晴れていました。先生は声をかけてくださいました。私はあのときのことを忘れません。

『あなたが学校に来れるようになって本当にうれしく思います。私がいじめを止められず不登校になってしまったこと、深く苦しみました。本当にごめんなさい。申し訳ない思いで一杯です。こんな教師ならやめてしまえと、何度も自分を責めました。でも、今あなたの笑顔に出会えて喜びが湧いてきました。本当によかった。私の過ちが消えるわけではあ

りませんが、これからは勇気をもってあなたを支えたいと思います』

と、おっしゃいましたね。私はあの一言で救われたように思いました。先生も本当は悩んでいたんだ。涙が止まりませんでした」

次のクラス代表の言葉も、

「剛田《ごうだ》先生、あなたは、どんなときにもはっきりものを言い、決して妥協してくれませんでした。悔しくて眠れないこともありました。いっそのことクラス仲間全員でノーを突きつけようかと相談したこともありました。でも、あのとき先生がなぜそうおっしゃったのか少しずつわかってきました。合唱コンクールで優勝したとき、先生は大粒の涙で私たちを称えてくれました」

中学校生活の感動の瞬間が、波動のように押し寄せてくる。

心の真実に気づいた喜びは彼らをさらに成長させる。

無量はふと思い出した。

「荒れていると見ますか、悩んでいると見ますか」

山村先生の懐かしい言葉である。

緊張のなかで五クラスの代表の言葉が終わると、式場内は安堵《あんど》する穏やかな空気が漂いはじめた。

ここで卒業生の言葉を受けて、学年主任の加藤先生が卒業を祝う言葉を贈った。

今度は教師の番だ。なんとも手厳しい言葉がかけられた。

一つ一つ、卒業生の身勝手な主張を厳しく糾弾《きゅうだん》する。実に歯切れがいい。

とことん正面から取り組んできた教師だけが語れる言葉である。

最後は彼らの成長を称え、涙とともに大肯定する言葉でしめくくった。

すでに体育館には理屈の世界を超えた巨大な感情が渦巻いている。

遅れてきた哲史

卒業式もいよいよ終盤《しゅうばん》にさしかかった。

記念品贈呈のあとは全員による大地讃頌《だいちさんしょう》と校歌斉唱で終わりだ。

式場入り口に立つ斎藤先生と無量の前に、突然、哲史が現れた。

学校には来たものの体育館には入れず、うろうろしているうちに終了寸前となった。

勇気をふりしぼって二人の教師の前に出たのである。

「哲史！　よく来たな。みんな待ってるぞ」

「今から入れるかどうか、校長先生に確認してくるからな」

哲史は恥ずかしそうに下を向いた。

斎藤生活指導主任は深山校長のそばまで来ると小声でささやいた。

「校長先生、今ごろ来たバカがいるんですけど、どうしましょうか」

優しさあふれる言葉であった。深山校長は即座《そくざ》に判断した。

「やりましょう。最後の一人の卒業証書授与を」

司会の山根先生から訂正の放送が入った。

「会場の皆様、式の途中ではありますが、只今、遅れてきた卒業生がいます。深山校長の判断により、急遽《きゅうきょ》卒業証書授与を行いたいと思います。どうかご理解のほど、よろしくお願い申し上げます」

何が起こったのか、会場はざわめいている。

哲史が恥ずかしそうに下を向いて入ってくる。髪は金髪に染めて顔を覆っている。

会場の全ての目が遅れてきた生徒の姿に集まる。

一瞬、静寂《せいじゃく》に包まれると、座席の後方から小さな拍手が起こった。

それは次第に大きく、うねりのように式場いっぱいに広がりはじめた。

高い壇上で哲史はどうしてよいのかわからず宙に浮いている。

自分一人のために贈られている拍手の渦。足元が震《ふる》えて止まらなかった。

「遅れてきた藤井哲史君に卒業証書を授与します。三年間、色々なことがありましたが、その中で考え、悩み、苦しみながら、今日の日を迎えています。ここにその証として卒業証書をお渡しします」

深山校長が卒業証書を読み上げて手渡すと会場は万雷の拍手に包まれた。

泣いている。保護者も、生徒も、教職員も、鈴木市長をはじめ、来賓も。

そして、あのクレームをつけてきたM市会議員も泣いている。

計り知れない感動が式場を覆っていた。

最後は全員の大地讃頌と校歌でしめくくった。

「以上をもちまして、卒業証書授与式を終了します」

無量は呆然としながら幸せだった。こんな卒業式がかつてあっただろうか。

松山教頭が言った。

「深山校長先生、お疲れ様でした。まだまだ、課題は沢山あると思います。しかし、先生方がどう、考え、取り組んできたのか、よく見える卒業式であったと思います。私は改めてすべての教職員と保護者の皆様に感謝したいと思います。今後の方向もしっかり話し合い、探って参りましょう」

それは悪いことではない

卒業生を送り出して一段落すると短学活が始まった。

無量は感想を聞いてみたいと思った。

「よい卒業式でした。少しだけ感想を聞いてみたいと思います」

すぐに手を挙げたのは小川フナだ。

「私は一人一人が存在感のある、印象に残る卒業式だったと思います」

「それはどういうことですか」

「卒業生がお客さんではなく、卒業式の主役だったことです」

「的確な表現ですね。私もそう感じました」

谷川烈人が晴れやかな表情で言った。

「僕は、卒業生が本当のことを堂々と語っていたところが忘れられません。ちょっとハラハラしたけど、あんなことを断言できるのは、よほど悩み、苦しみ、乗り越えようとしてきたからだと思います」

「谷川君らしい優れた洞察ですね。今日の卒業式を皆さん一人一人の学校生活に照らして考えるとき、切実な思いが浮かび上がってきます。月曜日の学活で感想文を書いてもらいますが、もう少し聞いてみたいと思います」

若葉が満面の笑みで言った。

「私たちは色々な悩みをもっています。進路のこと、先生とのこと、友だちやクラスのこと、トラブルを起こす人のこと、家庭のことなど、避けて通れない大切なことばかりです。私たちは否応《いやおう》もなく、悩み、苦しみ、挫折することになります。

でもそれは決して悪いことではないと思います。そこで分かり合える仲間がいるなら勇気と希望が湧き、成長する力を与えてくれます。学校とはそういうところであってほしいと思います。今日は卒業生が、真剣に生きようとした証を見せてくれました。来年は、私たちも感動的な卒業式ができるよう、しっかり生きていきたいと思います」

「深い視点ですね。私は遊山中へ赴任が決まったとき、校内暴力のある遊山中で自分の力が通用するのかどうか、正直尻込《しりご》みしました。皆さんが日々悩み、苦しんできた姿を思うと情けないと思います。しかし、この一年間、二組の皆さんには多くの感動と勇気をもらいました。今日の卒業式では、トラブルを起こす人たちが決して逃げていたわけではないことが伝わってきました。逃れ難いストレスに苦しみ、悩み、反発し、落胆し、自己嫌悪に陥り、思いをぶつけてきたのです。でも、それだけだったら校内暴力やいじめという恐ろしく空疎《くうそ》な響きの言葉で終わっていたと思います。

若葉さんは、『それは決して悪いことではない』と言いました。私は一つの大きな認識に立ったような感動を覚えました。若葉さんの言葉には世界を切り開く潔《いさぎよ》さがあります。さあ、もう一人だけ聞いてみましょう」

予想通り、慎二が手を挙げた。始業式の日の衝撃の出会いも、今となっては懐かしい。清々しい破壊力をもつ慎二の存在は、太陽が上がりはじめる寸前の山や森の緊張感に似ている。クラス仲間も大胆で直截《ちょくせつ》な慎二の言葉に期待する。

「俺は遅れてきた藤井のことがすごく印象に残った。弟がエアガンで撃たれたとき、絶対にぶんなぐってやろうと思ったけど無量先生に止められた。ずっと学校に来ていなかったことも知っている。一流の高校でなければ許されないなんて救いようがない。そんな悩みを抱えていると知って可哀《かわい》そうに思えた。俺だったらやってられねえな。

卒業式も終わりに近づいてあいつはやってきた。きっともう一度、みんなに会いたかったんだと思う。それにしても国旗・国歌の騒動のなか、しかも最後の場面で入ってくるなんていい度胸だ。でも、あんなところで一人だけに卒業証書授与なんて普通はやるわけない。迷わず決めた深山校長先生は格好《かっこう》いいと思った。盛り上がる拍手のなか、あまりにも目立つ金髪のあいつが壇上に上がったとき、俺は自分が壇上に立っているような気がしたんだ。わけもわからず涙が流れ落ちて仕方がなかった」

みんなのまなざしが一段と深みを帯びている。

「慎二君の言葉には入道雲《にゅうどうぐも》のようなインパクトを感じます。決して大人の世界の常識には妥協しない、大胆で感動的な世界です。四人の人に感想を述べてもらいましたが、月曜日には改めて全員に書いてもらいます。新たな発見を楽しみにしています」

無量は今日までの流れを思い起こしながら大きく呼吸した。

まなざしが世界を変える

元禄恒例《げんろくこうれい》の風流なお花見会は今年も多摩川沿いの桜堤《さくらづつみ》で行われた。開花が早かったためか、満開のソメイヨシノは散り始めている。すでに盛り上がっているグループもあるが、肌寒《はださむ》い夕暮れだ。

応援団長の流教授がおもむろに立ち上がった。

「おっほん、元禄仲間の皆様、本日は恒例のお花見会にお越しいただき、誠にありがとうございます。この世知辛《せちがら》い世の中、振っても、振っても、お金が出てこない財布をわびしく見つめる人生です。石川さん、世を儚《はかな》んで多摩川に身投げなどしないで下さいね。押切さん、ひしと抱きとめて声をかけてやってください。おっとと、失礼、いつもの失言です。今宵《こよい》は世の憂《う》さを忘れて、心ゆくまで酒を酌み交わそうではありませんか。まずは我らがマスター落合さん、ご挨拶をお願いします」

日没直後の夕映えに染まる桜の森は、元禄仲間の表情をくっきりと浮かび上がらせる。

「昨年はお父ちゃんも元気だったけど、今年は寂しいね。長谷川（弟）さんはがんが見つかり、入院中で心配です。石川さんも糖尿病ですっかり痩せちゃった。お花見といっても元気が出ないのは仕方ないけど、もの哀しさも花見の味わいです。

昨年は皆さんのお力で優勝することができました。まだまだパワーは健在です。今年は二連覇がかかっています。微力ですが、皆さんの健康を祈り、バックアップしていきたいと思います。それでは生ビールを満たしてください。押切さん、乾杯の音頭をお願いします」

十二名の参加者の顔が押切さんに向いた。

「ご指名ですので元禄花の宴を華やかに進めたいと思います。瀬谷さんと教授はもう飲んでいるようですが。さあ準備はいいかな。それでは、皆さんの健康と元禄仲間のさらなる発展を祝して乾杯！」

次々と交代して全員が乾杯の音頭をとる。いつもは爆発的な笑いを起こし、ハチャメチャな騒ぎになる花見の宴も低調なまま時間だけが過ぎていく。それでもみんなを元気づけようと石川さんが言った。

「押切さん、今年は元禄野球も二年目を迎えます。監督だけでなく、押切さんも出てくださいよ。あの華麗なる腰からのバットスイング、また見たいものだ」

「ふふふふふ。いよいよ私の出番のようだね。私に比べたら、島崎なんかまだ子ども。大リーグ並みのバットスイングをお見せするとしよう。いてててて！　腰が……やっぱり駄目だな、こりゃ。いい情報もある。この間、藤井さんも野球をやっていたことが判明し、元禄チームに入ってもらうことになった。高校時代はショートで三番を打っていたそうだ」

「オーッ、そりゃあいい。無量先生、よかったね」

「うれしいですね。楽しみが増えました。来られたら盛大《せいだい》に乾杯しましょう」

何と、タイミングよく藤井さんがやってきた。

元禄仲間の面々を見ると、はち切れんばかりの笑顔であいさつした。

「皆さん藤井です！　今日から元禄仲間に入れていただきます。よろしくお願いします」

石川さんが元気よく立ち上がった。

「フレー！　フレー！　藤井、それ！　フレ、フレ、藤井、フレ、フレ、藤井、オーッ！」

と、応援団長のようなエールを送った。全員の大歓声が多摩川に轟《とどろ》いて花の宴は一気に活気づいた。

藤井さんは恐縮しながら、笑顔で無量と向き合った。

「無量先生、哲史が大変お世話になりました。なんとお礼を言ったらいいのか……」

無量は、両手で握手すると肩を抱き合った。

「哲史君は来ないのではないかと心配していました」

花びらがひとひら、藤井さんの肩に舞い降りた。

「卒業式の朝になっても得体の知れないエネルギーに縛《しば》られ、動こうとしません。私は、彼を強制することはせず、式場に向かいました。卒業式が始まり、呼名の場面では哲史の返事はなかった。その空しく悲しい沈黙に絶望的な気持ちになりました。でもこれでよいと思ったのです。今まで彼を守ってやれなかった私だ。卒業式を境に、改めて彼をしっかりと支えていくことを心に決めたのです。私自身の卒業式でもあったと思います。

式はどんどん進み、家に帰ったらどんな声をかけようかと考え始めていたときです。突然、司会から放送が入り、式場内がざわめいたかと思うと、哲史が現れたのです。彼は自らの葛藤《かっとう》を乗り越えてやってきたのです。私は言い知れぬ感動に襲われました」

いつの間にか、元禄メンバーも聞き入っている。

「私が驚いたのは、式の終了間際にもかかわらず、哲史一人のために卒業証書授与を行っていただいたことです。式場の誰もが衝撃を受けたと思います。国旗・国歌の問題で焦点化され、校内暴力では社会から厳しい批判を受けている学校であり、極度に緊張したなかで行われた卒業式です。感動的な卒業式をぶち壊しにしかねない出来事だった。深山校長先生は、迷わず一人の落ちこぼれのために卒業証書授与を行ってくれたのです。学校に対して批判的な人たちから見たら、茶番のパフォーマンスになりかねない瞬間でした。

スポットライトに照らされた壇上には、心の通じ合う深山校長と哲史の姿が奇跡の光のように輝いていました。そして、様々な人生を抱える会場の皆さんの温かいまなざしが、通常の感情のスケールをはるかに超える共鳴の空間を生み出したのだと思います」

無量は藤井さんに向き合った。

「哲史君にとっても信じ難い出来事だったと思います。壇上《だんじょう》に立って万雷《ばんらい》の拍手《はくしゅ》を受けることなど、考えてもいなかったでしょう。あのとき、彼は自分が背負っていたものから少しだけ解放されたのではないでしょうか。証書を受け取るとき、とてもいい表情をしていました。教師を続けていると、子どもたちから多くの感動をもらいます。感動は困難な状況を切り開く力になり、スケールの大きな人間関係を育んでくれます。私たち教師は、司会者や評論家ではなく教育の実践者です。社会の状況や家庭の問題で悩む子たちを温かく支え、励まし、成長への助言をしていくことが仕事です。

遊山中の先生方は、一見、無力なように映ります。日常、無謀な子どもたちの行動に寄り切られることも少なくありません。でも、子どもたちを見つめるまなざしをもたれています。それはある瞬間に子どもたちの心に作用するのだと思います」

藤井さんは輪郭のはっきりした言葉で話した。

「少し先になりますが、夏休みに二人で槍ヶ岳登山をするつもりです。過ぎ去ったことへのこだわりを捨て、これからの世界をつくり上げたいと思います」

「夢のある企画ですね。大自然の冒険をともにすることで、哲史君の新しい世界が開けそうです。それにしても藤井さんはパワフルですね。いつも圧倒されます」

流教授が珍しいものを見るように言った。

「ふ〜ん。体形が豹《ひょう》に似ていますな。足が速そうです。高性能のスポーツカーを思わせる。ロートルの中にあって、俄然《がぜん》、迫力を感じます。これからはジャガー藤井塾とお呼びしましょう。原始人に加えて猛獣の登場です。いよいよ面白くなってきましたな」

感動こそわが人生

堤防沿いの道を猛スピードで飛ばしてくる自転車があった。

野球帽を目深《まぶか》にかぶった男が、何かから逃げるように近づいてくる。

荷台の重い荷箱《にばこ》をきしませ、ハンドルを左右に揺らしている。

折からの強い風に桜吹雪が激しさを増す。

自転車は元禄仲間の前まで来ると急ブレーキをかけ、右に曲がろうとしたが前輪を滑らせ転倒してしまった。

　地面に叩きつけられてうなっている男の後方から、もう一人の男が追いついた。男は元禄の酒宴をギロリと見渡すと無量の姿に気がついた。

　何と、森屋棟梁だった。

「おっ、無量先生、お花見中に申し訳ねえけど、取り込み中なんでちょっと失礼するよ。おら、何やってんだ。おめえ。勝手に人のものを盗んだりしちゃいけねえよ」

　年のころは十代後半だろうか。観念したようにうつむいている。

「和也《かずや》、その箱は大工道具じゃねえか。俺が世話になった親方から、独り立ちするときにプレゼントしてもらった道具だ。親方の思いが詰まっている、金には代えられねえ大切な宝物だ。一緒に金も持って行ったな。十万円ほど入っていたはずだ。金がほしけりゃくれてやる。でもな、大工道具はダメだ。大工の命だよ。お前がしたことは俺の命を取ろうとしたことと同じなんだ。

　この道具で俺は沢山の家を建ててきた。人間の喜びや悲しみを温かく包んでくれる家だ。大工の仕事は俺の誇りだ。そして大工道具には俺を育ててくれた親方の魂がこもっているんだ。和也なあ、この大工道具を使いこなせるようになるまで必死になってがんばるんだ。自分に負けちゃダメだ。一人前になって独り立ちするとき、俺は和也のために新品の大工道具をプレゼントするつもりだ。それまでがんばってくれ。

　福島の親父が死んじゃって、一人残されたおふくろの生活を支えてやらなけりゃならねえことはよ〜くわかっている。困ったときは力になるからな。遠慮しねえで相談に来いよ。今どき、中学を卒業して大工の見習いに来るやつは、まずいねえ。そんな中でがんばっている和也を俺はとても愛《いと》おしく思う。

和也なあ、み〜んな失敗して大きくなるんだ。失敗しないやつはまずいないだろう。俺も中学校を出てすぐに大工の見習いに入った。いや、見習いというより失敗が許されない厳しい現場だった。たたき上げの大工はみんな必死にがんばったものだ。俺はよく失敗して親方にぶん殴られた。お前と俺はよ〜く似ている。和也を見ていると、自分を見ているような気がするんだ。だから俺は和也が可愛いんだ。苦しいからといってそこから逃げちゃだめだ。

わかったな。よしよし。この金は苦労しているおふくろさんにプレゼントするから、安心して持って行きなさい。道具はもとの位置に戻しておけよ。あとは何にも責めないから、明日からまたがんばってくれ」

と言って自転車を起こしてやった。和也は何も言えなかった。

桜吹雪は少し穏やかになり、二人を包み込むように降りそそいでいる。

森屋棟梁は自転車の後ろをそっと押してやった。

和也のすすり泣く声が聞こえてきた。

「和也、頑張れよ！　おじさんたちも応援しているからな！」

元禄仲間から温かい言葉が飛んだ。押切さんが後ろから声をかけた。

「阪神タイガースの野球帽だ。野球ができそうだな。余裕ができたらおじさんたちと一緒に野球をやらないか。待っているからな。待っているからな」

「みんなで待っているからな。きっと来るんだよ」

温かい言葉に後押しされながら和也は引き返していった。

「せっかくの花見の宴を邪魔《じゃま》しちゃって悪かったな。俺の指導が悪いから、こんなことになっちゃって申し訳ねえ。でも、あいつはきっと立ち直るよ」

と言うと森屋棟梁も戻っていった。

みんなその後ろ姿をしみじみと見つめている。

「いい花見になったね。人間、何が大事なのか、改めてわかったような気がする」

「私も同感です。鬼丸もいい師匠《ししょう》に弟子入りしました」

流教授が俯瞰《ふかん》するように言った。

「私は満開の桜の酔いに浸《ひた》るうちに、映画『八つ墓村』（原作・横溝正史）を思い出しましたよ。

人間であることを放棄《ほうき》した男が猟銃《りょうじゅう》と日本刀を持ち、殺戮《さつりく》に向かう場面です。桜吹雪の中をすさまじい形相《ぎょうそう》で走り抜ける姿はこの世のものとは思えない。落ち武者狩りと津山三十人殺しの深い闇を結びつけた鬼気迫る作品ですが、この男も、もとはといえば普通の人間だったはずです。

古くから満開の桜の下には狂気が潜むという。

周囲の人たちのまなざしが彼を追い込んだ可能性もあります。日本の風土に根差した過酷な運命と悲哀。芥川也寸志のテーマ音楽が、遥かなる懐かしさを奏で、心のふるさとに誘《いざな》います。

彼が早い時期に森屋棟梁のような人間と出会っていたならなあ、と思います。人との出会いは感動であり、感動は生きる勇気を与えてくれます。

学校をお願いしますよ。無量先生！」

無量の笑顔が明るく輝いた。

「しかしながら、わが元禄の皆さんの波乱に満ちた人生を思うとき、私は涙を禁じ得えないのであります。おっとと、またまた失礼！

多難な人生の中で出会った元禄仲間の温かさが、夕暮れの焚火のように一段と身に沁《し》みますな。

見える世界は人によって異なる。

分かれ目も無数にあるだろう。

だから人生は面白い。

そんな想像をふくらませているとき、あの少年は自転車で疾走してきた。

一瞬、八つ墓村の常軌《じょうき》を逸《いっ》した男と重なったが、しかし、彼は幽鬼《ゆうき》なんかではなかった。

けんめいに生きようとする人間そのものだった。

偽《いつわ》りのない無垢《むく》の姿《すがた》だった。
ああ、感動こそわが人生。
今宵《こよい》もいい酒が飲めるなあ」
教授の言葉が桜の花びらのように舞い降りた。

ヴォーン・ウイリアムズ作曲「海の交響曲」エンディングから
（ホイットマンの詩による）

おお！
わが勇敢なる魂よ

遠く　遠く
航海せよ
遠く　遠く
航海せよ

あとがき

本作品をお読みいただき、深く感謝申し上げます。

私自身、失敗の多い教員生活だった。部活指導、生活指導等で覆い尽くされた日々。重い影を残した家庭生活の現実。ふり返ると悔恨に満ちた人生であったと思う。

幸運なことに、定年退職後、明星大学（通信制大学）から教職課程の講座の依頼があった。幼・小・中・高の教員を養成する仕事である。一度大学を出て社会人となり、様々な挫折と試行錯誤をくり返し、新たに教師を目指す覚悟を決めた人たちである。二十代後半から三十代前半が中心で、五十歳を過ぎて挑戦する豪傑もいた。私は自分の失敗や挫折の経験が生かせる仕事と確信し、もう一度、教育への情熱を奮い立たせた。

昭和四十五年四月。初めて学級担任をもったとき、オール一がついてしまうA君がいた。文章も二行書くのが精一杯。私は怖いもの知らずの大胆さで考えた。彼が自信をもって生きられる方法はないか、思いをめぐらせた。面白いことを思いついた。それは黒板に一定の言葉を書き、そこから自在に連想させる方法である。何を書いてもよい。文章になっていなくていい。面白いことが書けるとよい。人と違ったことを書こう。という設定だ。正解はない。したがって独自の感動を引き出せると考えた。道徳の時間を使って黒板に大きな文字で、「星空」と書いた。みんな戸惑いながらも何かを書き始めた。A君は黙って座っているだけだ。十五分ほど過ぎた。やがてかすかな笑みを浮かべたA君は鉛筆をもった。少し書いてはじっと見つめ、考えてはまた書いた。私は感動で胸が熱くなった。

そのときに書かれたA君（中二男子）の文章である。

星空

ぼくは夜空にかがやく星がすきだ
ぼくはその一つに名前をつけたい
ぼくのもっているさいこうのちしきで

さっそくクラスに紹介すると、教室に感動のさざなみが広がった。教師として生きる喜びが自然に湧いてきた。私は直感的に、一つの教育手法として成り立つことを確信した。

教育は工夫と情熱で深まる。上意下達に安住するものであってはならない。通知表に一や二をつけることが必要だろうか。今の日本、「自分はダメな人間」、と思い込む人の何と多いことか。一人一人、自分の人生を大切にするための学校教育ではないか。

教師は何かの奴隷であってはならない。教育に雇用された「使用人」ではなく、常に人間への愛と思考を深め、子どもたちのためにアクションを起こせる教師でありたい。

一見、不合理なことでも海のように包み込む。学校現場にはこんな哲学があっていい。

仲間とともに悩み、挫折し、受容し、新たな感動を発見するとき、人間は途方もなく大きく成長する。それは教育が何を用意するかで決まる。

文芸社からは四冊目の出版となる。いつも温かいまなざしで見守って下さるスタッフの皆様に心より感謝したい。

著者プロフィール

あおい やまなみ

中学校教師として教科（保健体育）、学級指導（学級担任）、部活(野球部)、そして生活指導に力を尽くしてきた。

校長歴12年。

7年間、明星大学教育学部教職課程の6講座を担当する。

影響を受けた作家：梶井基次郎、坂口安吾、和辻哲郎ほか。

続けていること：ランニングと登山（いつでも全力疾走ができるよう、日々行っている)、ブルックナーとシベリウスを聴く（私のライフワーク)、小説を書く（表現することは喜びである)。

海に向かう風の匂い

2024年9月15日　初版第1刷発行

著　者　あおい やまなみ
発行者　瓜谷 綱延
発行所　株式会社文芸社
〒160-0022　東京都新宿区新宿1－10－1
電話　03-5369-3060（代表）
03-5369-2299（販売）

印　刷　株式会社文芸社
製本所　株式会社MOTOMURA

ISBN978-4-286-25637-5